快樂王子

目川文化

目錄

你喜歡和什麼樣的人做朋友？我想，沒有一個人想要和自私自利、驕傲自大的人做朋友，我們都喜歡與心地善良、處處為人著想的人相處，這樣的人是最受歡迎的。因為「心」最重要！

王爾德是十九世紀愛爾蘭劇作家，但他的九篇童話最為人稱道，讀起來耐人尋味，內容主題多具有永恆的價值觀，故事旨在喚醒讀者注重「內心」，形塑美好的品格。

〈快樂王子〉——真正的快樂是分享給需要的人，具有憐憫之心。

〈少年國王〉——站在別人的立場為別人著想，具有同理心。

〈自私的巨人〉——無私分享的心，令人如沐春風。

〈西班牙公主的生日〉——如果拿別人的真心取樂，不顧別人感受，會使人心碎。

〈夜鶯與玫瑰〉——真愛是願意為對方全心全意的付出。

〈忠誠的朋友〉——真正的友誼需要彼此以忠實的心相待。

〈漁夫和他的靈魂〉——如果靈魂失去良心，會變得無所適從，容易誤入歧途。

〈星孩〉——不要以貌取人，而要看重一個人的內心，一顆良善的心。

王爾德的童話大多是淒美的悲劇，但〈了不起的火箭炮〉這篇故事裡，有一支火箭炮喜歡自吹自擂，算是風趣可愛的！

用心探究，讀者可以發現故事中對比元素的使用，如：尊貴與卑賤、暴虐與溫柔、美與醜、生與死等，作者以嘲諷的意味，凸顯主題的寓意，能讓讀者在兩相對照下，好好思考美善之人應當存著怎樣的「心」？

除了故事韻味深長、精美絕倫外，身為詩人的王爾德，無論是在描述動作、場景、事件、心境轉折；歌頌愛情，抒發思想，文字堆疊之細膩、華美而浪漫，彷如一顆顆明珠，令人賞心悅目，值得細細品讀：

「巨人躡手躡腳來到小男孩背後，輕輕托起他放到樹上，就在那瞬間，樹上的鮮花綻放，小鳥也飛來放聲高歌，小男孩破啼微笑。」〈自私的巨人〉

「焰光的色彩是愛情的翅膀，烈火的色澤是愛情的軀體；愛情的雙唇有如蜂蜜般甜膩，愛情的氣息有如乳香般芬芳。」〈夜鶯與玫瑰〉

經典童話故事往往跨越時代和年齡，讓人百看不厭，而且在內心低迴不已。讀完這本唯美兒童文學的代表作，讀者可能獲得極為深刻的體悟就是：**「心」可以決定行為**，**「無心」或「有心」端看我們自己的選擇**。若是一味看到自己的需要，存著維護自我的私心，就會目中無人；當設身處地，用心為他人著想，適時給予幫助或資源，即是「愛人無私」的根本理念。當看見別人的需要被滿足，我們也跟著快樂，這就是「助人為快樂之本」的道理！

助人從來就不是件難事，大家不妨從現在就著手開始吧！

【推薦序】

林偉信（台灣兒童閱讀學會顧問、誠品文化藝術基金會「深耕計畫」顧問）

陪伴孩子在奇幻的世界裡，培養想像力，思考人生課題

法國哲學家巴斯卡曾經這樣形容人，他說：「人是一枝會思想的蘆葦。」這話點出了人類和萬物最大的區別，因為人似蘆葦，所以何其脆弱，但也因為人可以藉由思想，遨遊過往，想像未來，上下時空五千年，所以看似脆弱的人類，卻又是何等的堅強與壯闊。

奇幻文學正是人類思想極致的一種表現，透過想像，創造出一個個跳脫時空框架的新奇世界，將現實中的不可能化為可能，讓閱讀者擺脫有限形體的束縛，悠遊在不同的時空裡，享受現實人生中所無法經歷的奇特趣味。

而除了引人入勝的趣味情節外，奇幻故事中所暗含的人生隱喻與生命智慧，也一如日本著名心理學家河合隼雄在《閱讀奇幻文學》書中所說的：「**傑出的奇幻作品，總是帶著某些課題前來挑戰讀者。**」而「當我們將幻想視為靈魂的展現時，就會開始覺得奇幻故事的作者，給了我們相當豐富的訊息。」因此，「**即便故事讀完了，心靈依然持續感動。**」

這套奇幻小說輯，正是選自不同文化背景下的各種玄奇異想，有大家耳熟能詳的英、美兒童文學經典，更有中國與阿拉伯的奇幻鉅著。它們都跳脫現實，發揮想像，書寫出各種殊異趣味的精采故事，並且透過故事傳遞出我們所可能面對的各種重要的人生課題。

因此，我們不僅能和孩子經由閱讀這些故事，享受奇幻的趣味，更能透過拆解奇幻背後的隱喻，對生命裡的一些重要課題——像是在《西遊記》中所呈現出的叛逆與反抗、在

《小王子》與《柳林風聲》中所揭露的愛與友誼、在《小人國和大人國》中所刻劃的權力與人性、在《快樂王子》中所彰顯的分享與快樂、在《愛麗絲夢遊奇境》與《一千零一夜》中所描繪的真實與夢幻、在《叢林奇譚》中所強調的正義與堅持、在《彼得·潘》中所凸顯的成長與追尋，以及在《杜立德醫生歷險記》中所提出的溝通與同理，能有更深刻的思考與理解。

藉由這些書，給早已在現實生活中習以為常、不再多做思想的自己一次機會吧！也給你的孩子一次機會，**陪伴他們在奇幻世界的共讀中，培養想像力，並且一起來思考人生中的一些重要課題。**

戴月芳（資深出版人暨兒童作家、國立空中大學／私立淡江大學助理教授）

孩子飛翔的力量很大

當孩子告訴你，他會飛，而且飛得很高很遠，你可能會笑一笑，不當一回事。但是，真的要告訴你，孩子確實飛得很高，很自在！

谷歌（Google）創辦人賴利·佩吉（Larry Page）有一天突發奇想，想要創造一個可以下載整個互聯網，而且查看不同頁面連結的搜尋引擎。在西元一九九六年，這想法可能是天方夜譚，但是賴利·佩吉有企圖心，最後確實創造了谷歌。他像孩子飛上了天，飛得很高，飛得很自在！

孩子的想像力不受束縛，很多時候，孩子也像賴利·佩吉一樣，有一些稀奇古怪的想法，當你覺得簡直不可思議的時候，請想一想，這很可能就是一個「創造未來」的機會。

「飛翔」是我們的想像延伸，一切可能發生或不可能發生的事情，都可以藉由想像力的「飛翔」先做實驗。也因為如此，我們才會說「只有想不到，沒有做不到」。往後，當孩子告訴你他會飛的時候，請告訴他，盡情去做吧！

【影響孩子一生的奇幻名著】系列，就是一套賦予孩子想像力的好書。十本想像力永恆不滅的經典文學，無論中西或虛幻，每一本都是在打開孩子浩瀚無限的視野，激發孩子的奔馳創意。當孩子穿越奇趣與另類的時空，踏進想像與創意的國度，你就能猜想孩子說有多高興就有多高興！

來吧！讓孩子閱讀奇幻名著，讓孩子的想像翅膀展翅高飛吧！讓孩子隨著他的好奇心，遊走另一個充滿自由的奇想世界，跟隨故事人物一起經歷成長與冒險。

張美蘭（小熊媽，親子天下專欄作家、書評、兒童文學工作者）

讓孩子讀經典，是重要而且必要的

近兩年，我常在校園與兩岸演講，有一個主要的主題，就是「讓孩子愛上閱讀的八大法則」，其中我認為很重要的第二條法則是：在孩子中低年級以前，幫孩子選書；高年級後開放讓他們自由選擇，但是每個月都該有指定讀物，並建議以經典兒童文學為主！

我在小學圖書館擔任過十年的志工，發現一個令人憂慮的現象：越來越少孩子讀兒童文學經典！當今兒童閱讀市場，充斥著一種簡化的速食文化，不論是科學或人文的題材，多半要被畫成「漫畫」，才能被孩子所接受。我曾問過孩子，為什麼只喜歡看漫畫呢？而得到的回答（尤其是男孩），多半是：「漫畫比較搞笑，我不喜歡太嚴肅的作品。」或「看圖畫比較快，文字太多的書，真的看不下去！」

這是一個很令人憂心的現象，因為這代表這一代孩子對文字理解能力（閱讀素養），將越來越弱。而**貧瘠的閱讀，將導致荒蕪的思想與空洞的寫作能力！**

文字閱讀，需要鍛鍊。從幼時看繪本（圖畫書）、到橋梁書、再進階到小說或科學書籍，不是一蹴可幾的。現代的孩子，常常在讀完繪本後，一腳踩空，掉到漫畫書的世界，沒有走上文字閱讀之橋，而是陷入我所說的「漫畫陷阱」裡，不可自拔。

更憂心的是，家長沒有意識到這狀況的嚴重性，還沾沾自喜地認為：我的孩子愛看書，就好！而沒注意到孩子無法邁向文字書的世界，更遑論兒童文學作品的世界。

我建議：每個家庭，都該有個基本書櫃，那就是你家的圖書館。館中，一定要收藏兒童文學名著！因為這些才是經得起時間考驗的、人類思想的精華。

所以，請讓孩子多讀讀經典吧！這將會影響他們一生的價值觀。

在這套【影響孩子一生的奇幻名著】中，有許多本都是我家孩子的指定讀物，更特別的，是編輯細心地加入了中國文學名著《西遊記》，這是我家孩子必讀的作品，孫悟空保護唐僧取經的故事，讓孩子的想像力更豐富，我鼓勵他們讀過各種版本的《西遊記》：由基礎到進階，由進階到原著小說，循序漸進提升了他們的文字閱讀能力！

本系列中，我也特別推薦《一千零一夜》、《愛麗絲夢遊奇境》、《小王子》、《快樂王子》這幾本書，這些故事多半並非寫實，而是充滿幻想的佳作！

《一千零一夜》是阿拉伯世界的傳奇經典，「阿里巴巴與四十大盜」就是其中一個故事，充滿了異國色彩與絢爛的魔幻。《愛麗絲夢遊奇境》在國外受到的重視超乎台灣孩子想像，閱讀此書可以了解許多衍伸的西方文化、典故、語言邏輯等！

《小王子》我覺得是寫給大人讀的童話，但孩子也可單純地閱讀，愛上純真帶點憂鬱的小王子。還有，我小時候看了王爾德的《快樂王子》，感到傷心不已！現在回顧，卻覺得這個故事是淒美動人的。

因為，經典代表的就是人性。在奇幻故事架構下，系列中的《小人國和大人國》、《彼得．潘》、《柳林風聲》、《叢林奇譚》，也都能讓孩子從經典中了解：世界上沒有所謂美好的大結局！**讓孩子從閱讀的幻想中，體會人生的趣味與人性的缺憾，才是真正智慧的開始。**

林哲璋（兒童文學作家、大學兼任講師、臺東大學兒文所）

奇幻的奇妙

林文寶教授說：「童話反映一個天地萬物的社會，並由此發掘一切萬物的人性。」又說：「童話，就是使事實長上翅膀……它是可圈可點的胡說八道；也是入情入理的荒誕無稽。」

當「事實」插上翅膀，可能讀起來胡說八道，可能看起來荒誕無稽；然而，閱讀奇幻的樂趣就在享受作者將故事「降落」得入情入理，使人拍案叫絕，大嘆可圈可點。

奇幻的邏輯不是現實的邏輯，而是作者自己建立的邏輯，是角色物性產生的合理，是一種妙不可言的雋永。經典奇幻不會是「作者說了就算」，而是連作者自己都得嚴格遵守自訂的因果關係、論證邏輯。

小讀者能透過奇幻作品裡人物情節的設定、伏筆結局的鋪排，一次次在腦海裡思維運作、理解因果。

虛構而且希望讀者信以為真的寫實作品是：「假似真來真亦假，無為有處有還無。」自己承認超現實卻關注現實的奇幻作品是：「假非真來真不假，無勝有處有藏無。」

畢竟，奇幻最大的基礎，除了理性，更有人性！

小朋友，閱讀奇幻作品好處多多，畢竟現實世界只有一個，而奇幻想像的世界卻是無窮無盡。奇幻世界裡有神奇的天馬行空，想像世界中的介紹要天衣無縫。奇幻想像國度的語言可以豐富現實世界的生活，例如小王子和狐狸，小王子和玫瑰，他們的故事和對話，都可以比喻、使用在人類的世界。

想一想，像著名的「七步成詩」，曹植若跟哥哥寫「骨肉相殘」的詩，害哥哥沒面子，恐怕小命不保；聰明的曹植躲到了奇幻的國度，使用了奇幻的語言，寫了一首「小豆子和豆萁哥哥」的童話詩，保住了珍貴的性命。

奇幻的國度裡有許多寶藏，等待小朋友來尋找、開創，歡迎小朋友搭乘文學的列車，來到奇幻的國度上，觀看地球世界的模樣。

彭菊仙（親子天下、udn 聯合文教專欄、統一「好鄰居基金會」駐站作家）

我的童年是一段沒有故事書的歲月，因為爸媽忙於生計，僅是讓我們四個孩子吃飽穿暖就已筋疲力竭，關於孩子的娛樂甚或心靈需要的滋養，爸媽是沒有餘力可以照顧的。我依稀記得家裡只有兩本不知從哪兒流傳來的故事書：《愛麗絲夢遊奇境》和《木偶奇遇記》，它們是我們對於童話的所有想像，兩本書原本就已破破爛爛，被我們四個姊妹反覆蹂躪，最後沒了封皮、零散分屍。為什麼呢？因為經典故事就是值得一看再看、百看不厭！

長大後，我才有機會一一彌補童年裡沒有緣分相遇的經典兒童文學，但是很遺憾的是，這些故事我多半已經耳熟能詳，還沒來得及細細咀嚼文字，大量的動畫已經綁架了我對於故事聲光畫面的想像，我很不希望我的孩子用這樣的方式來接觸經典名著。

雖然，這一代的孩子已然來到一個被豐富故事書包圍的優渥年代，然而，這世界卻仍然將經典兒童文學拋出腦後。因為當孩子深陷於迷亂挑逗的３Ｃ世界時，他們對於書本早不屑一顧，更遑論沉浸於閱讀經典名著的樂趣之中。

藉由這次目川文化規畫的系列經典兒童名著，我再次回歸到當年與兩本童話相遇的純淨想像世界中，我似乎又恢復了一個孩童本然應該具備的自由奔馳心靈，在故事裡盡情遨遊，甚至幻化為故事裡的主人翁，經歷驚險刺激的冒險歷程，並在過程中細細體悟人性裡的至真至誠與至善。

我也頗喜愛小品《快樂王子》，它能讓孩子看到無私奉獻的典範，但充滿想像力的角色塑造、淒美的情節，又不落俗套、引人入勝。它能帶給孩子許多的啟發，使他們從小就學會思考，並能選擇好的行為。

我很喜歡目川文化這次規劃的書目，國際多元，題材包羅萬象：有冒險、有想像、有科學與自然的題材、有淵遠流長的傳說，都是歷久彌新的必讀文學名著；在編排上，字體大小適當，章節分明，三年級以上的孩子可以毫不費力的自行閱讀。

我鼓勵爸媽引導孩子，一本接一本有系統的閱讀，不僅能提升孩子賞析文學的能力與視野，最主要的是，**經典作品的主角人物都帶著強大熾烈的感染力，能毫不費力地博得孩子深度的認同，在潛移默化間，高潔的思想便深植於孩子的心底，行為氣度因此受到薰養而不凡。**

陳蓉驊（南新國小熱心閱讀推廣資深教師）

超越童話之外

王爾德的童話裡，不乏王子、公主和小人魚等傳統角色，但不再只有美麗的想像和快樂的結局，而能展現超越童話之外的內涵。**走進王爾德童話世界，可能開始思考何謂真正朋友的定義，開始斟酌愛情與靈魂的選擇，開始重建美麗與醜陋的界線，開始探索死亡與永恆的課題**……這就是王爾德童話獨一無二的動人力量。

假如你看膩了「王子和公主從此過著幸福快樂的日子」美麗結局式的童話故事，王爾德風格獨特、超越童話的故事定能帶給你新鮮感，也絕不會讓你空手而歸。

英國天才作家王爾德一生只留下九篇童話，為什麼能與童話之父安徒生齊名？打開《王爾德童話全集——快樂王子》，我們就能明白，他把對人性的深刻觀察及對社會的關懷，通通寫進故事裡。用華麗優美的辭藻，搭配卓絕的想像，寫盡人世間的美麗與醜惡，讓讀者既高聲讚揚，又低頭默想。

如〈快樂王子〉裡小燕子，帶著我們一起俯瞰世間的苦難，全心追隨大愛無私、傾盡一身救苦濟貧的王子，最終為愛而死，讓我們在感傷之餘，更讚嘆他們竭盡心力消弭別人不幸的高貴情操。

而〈自私的巨人〉發現，小孩子的笑臉是最美麗的花朵，唯有砍倒心中的圍牆，花園的春天才會到來；他因真心的付出與分享，最終得到豐盈的快樂與內心的安詳。

連愛美的〈少年國王〉也看見了華麗背後的汗水與愁苦，選擇與窮人站在一起，感動上帝為他加冕。同時帶領我們重新衡量世界上真實的貧窮與富有，學得了不能把自己的快樂建築在別人痛苦上的道理。

還有失去美貌的〈星孩〉找回最珍貴的憐憫之心，為自己曾犯下的過錯贖罪、祈求饒恕，教我們拿愛、親切和仁慈對待窮人、鳥獸，像星星一樣照亮人性、帶來暖意。

這九篇故事寓意深遠，值得我們再三品味，發現當中如寶石般的寶藏，結局常令人意想不到，文字描述又極盡華美，可說是超越童話的偉大傑作。

沈雅琪（神老師&神媽咪、長樂國小二十年資深熱血教師）

接了高年級很多屆，我發現現在的孩子普遍閱讀量不足，書讀得不夠，相對文章就寫不出來，寫作技巧教再多都是枉然。

為了要改善孩子寫作困難的問題，我開始每天留至少半個小時到一個小時的時間，讓孩子從少年雜誌、橋梁書開始閱讀，這段時間得要完全靜下來專注的閱讀。

剛開始對於沒有閱讀習慣的孩子來說，這是一件痛苦的事，往往不到三分鐘就想要站起來換書，可是慢慢的習慣以後，我發現孩子專注的時間開始拉長，有些孩子閱讀課的時間看不完，會連下課時間都把課外書拿出來閱讀，偶爾還會來跟我討論書中的內容，跟我分享書中精采的片段。

孩子的閱讀培養是一條長遠的路，在３Ｃ科技發達的環境下要讓孩子們放下手上的手機，而去享受書中故事的趣味、去體會文章中詞彙的優美，是需要花很多時間和心思的。為孩子們選擇正向而有趣的書籍，讓他們對閱讀產生興趣，這是最值得的投資。

目川文化精選這套書，有幾本是我們耳熟能詳的世界名著，可是很多孩子完全沒有接觸過。收到書的初稿時，孩子們分配到的書讀完了，還意猶未盡的跟其他孩子交換閱讀，一本又一本接續的把十本書統統讀完。**小孩的感受是最直接的，看他們對這套書愛不釋手，我就知道這是一套非常值得推薦的好書。**

孩子從書中得到很多的樂趣和啟發，孩子看這些故事的角度，跟我有很大的不同。透過孩子筆下的敘述，我也重新回顧了一次這些故事，得出了另一番的感受。看到他們寫出從故事中獲得的領悟、看事情的角度，都讓我很欣喜。他們能夠用正向的角度去思考，正反映出我們給孩子的教育成功了。

以下就是班上小朋友針對本書所寫的一篇心得，其他則收錄在各書：

故事中的「快樂王子」以前也曾是一個人，但現在成了一座華美的雕像。看似什麼都做不了的他，卻在暗中默默的幫助別人。

一切要從快樂王子遇到小燕子說起，小燕子因為沒跟上同伴們，再加上快樂王子不斷的請求，因此當了快樂王子的信差。自此之後，他們不斷的幫助別人，但令我佩服的是，快樂王子不惜犧牲自己身上的所有東西，也要幫助別人度過困難。這種精神可不是人人都有的，或許很多人願意幫助他人，但願意像快樂王子這樣，犧牲自己來幫助他人的人，卻是少之又少。

我覺得不一定每個人都要像快樂王子一樣，但至少要有顆善良、願意幫助他人的心。很多人對於自己身邊很多的人、事、物都覺得不關自己的事，因此漠不關心。舉例來說，在一個班級裡，有一些學習能力差的、又或是人緣不好的同學，比較內向，大家也不會主動去關心他們，自然而然他們也就覺得沒有人願意和自己當朋友、更加自卑。這種情況可以說是在每一個團體裡都有。有時候我們可能根本沒有注意到身邊有這樣的人，自然也就不會想說：「有沒有人需要關心或幫忙？」。如果我們每一個人都可以去多多關心身邊的人，多去注意是不是有人需要幫忙，或許這些人就不會覺得受到冷落了。

這本書其他每一個故事給我的啟示都不同，也都各有各的意義，等待大家去體會。

（黃奕瑄　撰寫）

游婷雅（台中古典音樂台閱讀推手節目主持人、閱讀理解教學講師）

王爾德童話不只是童話

有許多小學生會在課本裡讀到改寫過的王爾德童話，像是〈快樂王子〉、〈自私的巨人〉。礙於篇幅的限制，課文往往需要做許多縮減，雖保留了精華，卻也失去了作者在原著中精心設計的鋪陳敘述，著實可惜。**若孩子在課餘能夠自行閱讀較長篇幅的經典原著，或許能夠從中體會到不同的主旨與意涵。**〈快樂王子〉裡的王子與小燕子之間的關係，以及〈忠誠的朋友〉裡的大修與小漢斯之間的關係有沒有相同和相異之處呢？〈自私的巨人〉與〈少年國王〉這兩個故事有沒有什麼異曲同工之妙呢？王爾德透過〈少年國王〉與〈快樂王子〉這兩個故事告訴我們什麼呢？〈西班牙公主的生日〉中的小矮人與〈快樂王子〉中的王子最後都有一顆破碎的心，王爾德用「破碎的心」告訴我們什麼？

婷雅老師讀到的是：小燕子是快樂王子的忠誠朋友，一直順從王子所提出的要求，並且無怨無悔地付出；小漢斯也同樣對大修做出了奉獻，只為換得大修的友誼。但是快樂王子為的是幫助需要幫助的人，並不像大修只為自己的利益。〈自私的巨人〉與〈少年國王〉分別受到爬不上樹的哭泣小男孩以及夢中的景象所引導，開始站在另一個角度思考自己的所作所為，並且加以修正。王爾德似乎透過〈快樂王子〉和〈少年國王〉告訴我們，關在城堡裡享受榮華富貴，是無法獲得真正的快樂的。王爾德在〈西班牙公主的生日〉裡安排小矮人最後心碎，〈快樂王子〉最後也是一顆破碎的心，作者似乎常用破碎的心來為結局劃上一個悲傷的句點。這是婷雅老師讀到的，那你呢？說說你自己的想法吧！

王爾德的童話不只是童話，讀完每一篇之後，都值得闔上書細細思量、好好討論。

劉美瑤（兒童文學作家、台東大學兒童文學研究所）

王爾德童話裡的「不忍之心」

英國劇作家王爾德留下了九篇精妙絕倫的童話故事，雖然這些故事不像傳統童話那樣有著世俗熟悉的皆大歡喜結局，但是，從來沒有一個童話作家像王爾德這樣，以如此唯美的筆法向讀者呼籲「不忍」的重要。

在〈快樂王子〉裡頭，王子因不忍百姓受苦，所以甘願褪盡華美尊貴濟助貧困，他也因為不忍，所以才會在目睹燕子死在腳邊那一刻，胸膛裡頭那顆鉛做的心跟著碎成了兩半。又如〈夜鶯與玫瑰〉裡的夜鶯因為不忍年輕人受苦，所以甘願犧牲自己成全年輕人的愛情。

王爾德在這些故事裏頭大量運用對比技巧突顯不忍的可貴，例如在〈忠誠的朋友〉中用涼薄的人性，烘托因不忍朋友受難而犧牲的小漢斯其情操多麼高貴。又如俊俏卻自大暴虐的星孩，後來因容貌變得醜陋而習得慈善謙卑。此外，他又以冷靜的第三人稱筆法，節制角色的情緒，使故事不至流於煽情。

而關涉死亡、欺凌等哀傷的情節，王爾德使用唯美浪漫的詞藻，巧妙地將哀傷給予柔焦、淡化處理，使故事產生一種奇幻、如詩似夢的氛圍。譬如〈自私的巨人〉結局，他讓年老的巨人揉一揉眼睛，就來到了開滿白花的天上國度，而孩子們看到死去的巨人，則是面容安詳，身上蓋滿潔白的花朵。

透過這些文學技巧的修飾，使得故事裡的控訴與悲悽，變得輕盈而不沉重，而且，讀者會因文中的對比，去思索人生究竟應該追求什麼？是榮華富貴？是美貌俊俏？都不是，是一顆「不忍」的心，一副無私的悲憫心腸，這才是王爾德想要傳達給讀者的訊息。王爾德想告訴讀者，**雖然成長如同故事敘述那樣，難免伴隨疼痛與哀傷，難免有醜惡、不義，但是「不忍之心」將會成為我們行走在黑暗路上的竿與杖**，引領我們找到真善美的樂園。

故事一　快樂王子

快樂王子的雕像聳立在一根高高的石柱上，俯瞰著整座城市。他的身上貼滿了薄薄的金箔，他的眼睛是兩顆閃亮的藍寶石，而他的劍柄上鑲嵌著一顆碩大耀眼的紅寶石。

人們對這座雕像嘖嘖稱奇。某位想表現自己別具藝術鑑賞力的市議員說：「他就像風向標那樣漂亮。」不過，他又怕別人會把他看成一個不務實的人（其實，他相當實際），便又加了一句：「只是他沒有風標那麼有用。」

「為什麼你就不能學學快樂王子呢？」一位有智慧的母親對著大哭大喊著要月亮的兒子說：「快樂王子從來不會用哭鬧討東西。」

「我很高興這世上還有一個人能如此快樂。」一個沮喪的人凝視著這座非凡的雕像喃喃自語道。

「他看上去就像天使！」孤兒院的孩子們從大教堂裡出來時這麼說。他們繫著乾淨潔白的圍裙，披著鮮紅醒目的斗篷。

「你們怎麼知道？」數學老師說：「你們又沒見過天使！」

「啊！我們在夢裡見過。」孩子們答道。數學老師皺起眉頭，緊繃著臉，因為他並不贊成小孩子做夢。

一天夜裡，一隻小燕子從城市上空飛過。他的同伴們早在六個星期前，就飛往埃及去了，他卻遠遠落後大家，只因為他太留戀一根美麗無比的蘆葦，她那纖纖細腰把他給迷得團團轉。

當秋天來臨，其他燕子都飛遠了，這隻燕子忍不住問蘆葦：「妳願意跟我走嗎？」蘆葦卻搖搖頭，因為她是那麼依戀自己的家。小燕子只好傷心的飛走了。

他飛了整整一天，傍晚時分來到這座城市。「我要在哪裡過夜呢？」他說：「希望城裡已經給我準備好過夜的地方。」

後來，他看到了矗立在高聳石柱上的雕像。

「就在那裡過夜吧！」他開心的叫起來：「空氣很清新，會是個不錯的地方。」於是，他就飛過去，恰好落在快樂王子的雙腳中間。

「我有一間黃金打造的臥室了。」他看看四周，輕輕的喃喃自語。然後，他準備歇息了。可是就在他把頭縮到翅膀底下時，一滴大大的水珠正好打在他的身上。「天啊！」他叫了一聲，「太奇怪了！天上沒有一片雲，星星那麼明亮，怎麼下起雨來了。北歐的天氣太可怕了。蘆葦倒是很喜歡雨，但是那是因為她的私心。」

緊接著又「啪」的落下一滴水珠。

「一座雕像連雨都遮擋不住，還有什麼用？」他說：「我得去找一個好煙囪當我的窩。」於是，他決定離開這裡。

可是還沒等他張開翅膀，第三滴水珠又落下來了。他仰起頭，看到——啊！他看見什麼呢？

原來是，快樂王子的眼裡盈滿淚水，淚珠順著他金色的臉頰流下來。他的臉在月光下顯得那麼美，小燕子對他產生了憐憫之心。

「你是誰？」他問道。

「我是快樂王子。」

「你為什麼要哭呢？」小燕子又問，「看，你都把我淋濕了。」

「在我活著、還有一顆人心的時候，」王子答道：「我並不知道眼淚是什麼東西，因為我那時無憂無慮的住在皇宮裡，那是一個悲哀進不去的地方。白天有人陪我在花園裡玩，晚上我就在大廳裡跳舞。花園的四周有一堵高高的圍牆，我從來沒問過，圍牆外面是一個什麼樣的世界，我所看到的是一個至善至美的世界。我的臣子都稱我為快樂王子，如果享樂代表快樂，我的確是快樂的。後來我死了，他們就把我立在這高高的石柱上，讓我看到這座城市中所有的醜惡和貧苦。**雖然我的心是鉛做的，但我還是忍不住想哭。**」

「什麼！他並不是純金做的！」小燕子輕聲自語道。他很注重禮貌，不願高聲談論別人的私事。

王子用悅耳低沉的嗓音接著說：「在遠處，有一條小街，那裡住著一戶窮人。透過窗戶，我看到一個婦人坐在桌子旁邊。她很瘦，好像生病了。她那雙粗糙、紅腫的雙手上滿是針扎傷口，因為她是個

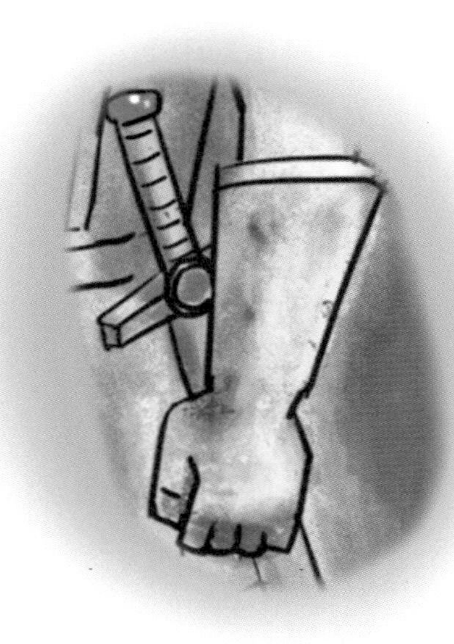

裁縫師，正在為一件緞綢衣服繡上西番蓮，那是給皇后最寵愛的宮女準備的，那個宮女準備穿這件衣服去參加宮廷舞會。在房間角落的一張床上躺著她生病的孩子，孩子正在發燒，嚷著要吃橘子。可是他的母親只能餵他喝河水，所以他哭個不停。小燕子！小燕子！小燕子！你能幫我把劍柄上的紅寶石摘下來送給她嗎？我的腳被牢牢的固定在基座上，動也動不了。」

「夥伴們在埃及等我呢！」小燕子說：「他們在尼羅河上盤旋，和大朵的蓮花說話。再過不久，他們就要到偉大法老的墳墓裡就寢。那個法老躺在

圖案繽紛的靈柩裡。他的身體裹在黃色亞麻布裡，還塗滿防腐的香料。他的脖子上有一串翡翠項鍊，他的手卻像是乾枯的樹葉。」

「小燕子！小燕子！」王子說：「你可以陪我過一夜，做一回我的信差嗎？那個孩子渴得太厲害了，他的母親為此十分苦惱。」

「我可不喜歡小孩。」小燕子回答道：「我記得，去年夏天，在一條河邊，有兩個粗野的小孩，是磨坊主人的兒子，老是用石頭丟我。當然，他們是打不中我的，我們小燕子飛得可快了，而且，我的家族可是以敏捷出名的。總之，他們實在是太沒禮貌了。」

可是，快樂王子那傷心的樣子卻讓小燕子心軟了。他說：「這裡冷得要命，不過，我很願意陪你過一夜，做你的信差。」

「小燕子，謝謝你。」王子說。

於是，小燕子從王子的劍柄上啄下那顆碩大的紅寶石，用嘴銜著，飛過一個個屋頂，朝遠方飛去。

他飛過大教堂的屋頂，看到上面大理石做的天使雕像；他飛過皇宮，聽見跳舞的樂曲聲，一位美麗的姑娘和她的戀人正好走到陽臺上，「多麼美妙的星星啊！」他對她說：「愛情多麼神奇啊！」

「我希望新衣服能早點做好，趕得上下次的舞會。」那姑娘接著說：「我命人在上面繡西番蓮，可是那些女裁縫實在是太懶了。」

小燕子飛過河面，看見船的桅杆上掛著無數的燈籠；他又飛過猶太村，看見一些老人正在討價還價做生意，把錢放在銅製的天平上面秤重。最後，他來到那個窮苦人家，他朝裡面望去，看見孩子發著燒，在床上翻來覆去，母親已經睡著，因為她太疲倦了。

小燕子從窗子跳進去，把紅寶石放在桌上，就擱在婦人的頂針旁邊。然後，他繞著床輕輕的飛了一陣子，用翅膀搧了搧孩子的額頭。

「好像涼快多了。」孩子說：「我一定好起來了。」說完他便沉沉的睡去，甜甜的進入夢鄉。

小燕子回到快樂王子那裡，把這一切向他報告。

「真是奇怪。」小燕子說：「**天這麼冷，可是我覺得很暖和。**」

「那是因為你做了一件好事。」王子說。小燕子努力思索王子的話，不過他馬上就睡著了。他只要一沉思就容易打瞌睡。

第二天，小燕子告訴快樂王子，他要動身前往埃及了。他說：「夥伴們在埃及等我呢！明天他們就要飛往尼羅河流域的第二座瀑布。在那裡，河馬睡在蘆葦叢中；天神曼儂坐在巨大的花崗岩寶座上，他整夜凝望著星星，當星光閃耀的時候，就發出快樂的叫聲，之後便沉默了。正午的時候，成群的獅子會到河邊喝水，他們碧綠的眼睛就像翡翠一樣，他們的吼聲比瀑布的聲音還要響亮。」

「小燕子！小燕子！」王子說：「你可不可以再陪我過一夜？我看到，遠在城市的另一頭，有個年輕人住在閣樓裡。他靠在一張堆滿稿紙的書桌埋頭寫字，手邊的一個大玻璃杯中放著一束枯萎的紫羅蘭。他有一頭棕色的捲髮，像紅石榴一樣的嘴唇，還有愛做夢的大眼睛。他正在寫一個劇本，準備送去給劇院總監。可是他太冷了，凍得寫不出一個字。壁爐裡沒有柴火，他又餓得頭昏眼花。」

「我願意再陪你過一夜。」好心腸的小燕子說：「你要我也給他送去一顆紅寶石嗎？」

「唉！我現在沒有紅寶石了。」王子說：「不過，我還有一對眼睛，它們是用稀有的藍寶石打造的，一千年前出產於印度。請你取出一顆來給他送去。只要他把它賣給珠寶商，就能換到好多錢去買食物和木柴，就能寫完他的劇本了。」

「親愛的王子，」小燕子哭泣起來，「我不能這麼做。」

「小燕子！小燕子！」王子說：「就照我說的去做吧！」

因此，小燕子啄下王子的一顆眼睛，朝那個年輕人的閣樓飛去。

由於屋頂上有個洞，所以小燕子很容易就從洞口飛進閣樓裡。那個年輕

人雙手捧著腦袋，並沒有聽見小燕子的聲音，等到他抬起頭，就發現枯萎的紫羅蘭上，有一顆美麗的藍寶石。

「終於有人賞識我了！」他開心的叫起來，「這一定是某個仰慕我的人送來的。現在我可以完成我的劇本了。」他的臉上露出了幸福的微笑。

第二天，當月亮升起的時候，小燕子又來到了快樂王子的身邊。

「我是來向你告別的。」他喊道。

「小燕子！小燕子！」王子說：「你不願意再陪我過一夜嗎？」

「可是，現在已經入冬了。」小燕子答道，「天這麼冷，就要下雪了。這時候在埃及，陽光照耀在棕櫚樹上，十分暖和，我的夥伴們正在巴貝克的太陽神廟裡築巢。親愛的王子，我必須離開了。不過，我不會忘記你的。明年春天，我會給你帶來兩顆美麗的寶石，把你送給別人的那兩顆補上。我帶給你的紅寶石一定會比紅玫瑰更紅，而那顆藍寶石會比大海更藍。」

「可是，就在這下面的廣場上，站著一個賣火柴的小女孩。」王子說：「她的火柴都掉在水溝裡不能用了。如果今天賺不到錢，她的父親會打她的。她現在正在哭著呢！她沒穿鞋，也沒有襪子，頭上又沒有戴帽子。請把我的另一顆眼睛取下來，給她送去，這樣她的父親就不會打她了。」

「我願意再陪你過一夜。」小燕子說：「可是，我不能啄下你的眼睛，否則你會變成瞎子的。」

「小燕子！小燕子！」王子說：「就照我說的去做吧！」

於是，小燕子又啄出了王子的另一顆眼睛，帶著它飛走了。他飛到賣火柴的小女孩面前，把寶石輕輕的放到她的手掌心裡。「多麼美的玻璃啊！」小女孩叫起來，開心的跑回家。

小燕子又回到王子身邊，他說：「現在，你的眼睛瞎了，我要永遠守在你的身邊。」

「不，小燕子。」可憐的王子說：「你應該去埃及。」

「我要永遠和你在一起。」說著，小燕子就在王子的腳下睡著了。

第二天，小燕子一整天都坐在王子的肩上，給王子講他在異國的所見所聞。他講起紅色的朱鷺，他們並排站在尼羅河岸邊，用尖尖的喙去捕金魚吃；還講起獅身人面像，他的歲數跟這個世界一樣老，住在沙漠裡，無所不知；還講到沙漠中的商人，他們手裡拿著琥珀念珠，跟著駱駝隊緩緩而行。

「親愛的小燕子，」王子說：「你給我講了這麼多奇特的事，可是更令人吃驚的是人們所受的苦難，沒有什麼比苦難更令人費解的。小燕子，你在城市的上空轉一圈吧！麻煩你告訴我你看到些什麼？」

於是，小燕子飛越城市的上空，他看見富人在漂亮的房子裡享樂，而乞丐們卻在門外挨餓受凍。他飛進陰暗的小巷，看見饑餓的孩子滿臉蒼白，無精打采的望著髒亂的街道。還看見一座橋的橋洞下躺著兩個小孩，他們緊緊的靠在一起，希望藉此互相取暖。「好餓啊！」他們說。「別躺在這裡！」看守人朝他們吼了一句，所以，這兩個孩子只好站起來，走進雨中。

小燕子回來之後，把看到的一切都告訴王子。

「我的身上貼滿金箔。」王子說：「你把它們一片一片剝下來，送給那些窮人吧！活著的人總是認為，金子可以給他們帶來幸福。」

於是，小燕子把金子一片一片啄下來送給窮人，而快樂王子因此變得黯淡無光。得到金子後，孩子的臉上泛起紅光，他們在街上玩耍，歡欣無比的笑著。「我們可以吃麵包了！」他們喊道。

下雪了，天氣變得十分寒冷。可憐的小燕子覺得冷極了，但他不願意離開王子。只好趁麵包師不注意的時候，去麵包店門口啄一點麵包屑吃，並不斷的拍打翅膀，讓自己覺得不那麼冷。

最後，他知道自己快要死了。他鼓起最後一點力氣，飛到王子的肩上。「親愛的王子，再見！」他喃喃的說。

「小燕子，你要飛到埃及了嗎？」王子問。

「不，我現在不是要去埃及。」小燕子回答：「我是要去死神的家，永遠長眠。聽說：死亡就代表永遠的安眠，不是嗎？」

說完，小燕子便倒在王子的腳下，死去了。

就在此刻，雕像裡面響起一個奇怪的爆裂聲，好像有什麼東西碎了。原來，是王子那顆鉛做的心碎裂成兩半了。這個冬天真是冷得可怕啊！

第二天清晨，市長在廣場散步，抬頭看一眼快樂王子的雕像。「啊！快樂王子怎麼這麼難看？」他叫道：「他劍柄上的紅寶石掉了，眼睛沒了，黃金也沒了。說實話，他簡直跟乞丐沒什麼兩樣！」

「他的腳下還有一隻死鳥呢！」市長又說：「我們真該發佈一張告示，禁止鳥兒死在這裡。」

後來，快樂王子的雕像被推倒了。大學的美術教授說：「他既然不再美麗，也就沒有什麼用處了。」

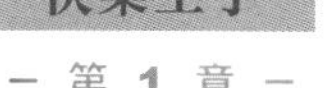

最後，快樂王子的雕像被放入火爐裡熔化了。「真是奇怪！」鑄造廠的監工說：「這顆破碎的鉛心在爐裡居然熔化不了，那就扔了吧！」於是，他們把它丟在垃圾堆裡，死去的小燕子也躺在那裡。

有一天，上帝對祂的一位天使說：「把這個城市裡最珍貴的兩件東西帶來給我！」於是，天使便把鉛心和死去的小燕子帶到上帝的面前。

「你選得非常正確。」上帝說：「這隻小鳥可以永遠在我的花園裡歌唱，而快樂王子可以永遠住在我的黃金城裡頌讚我！」

故事二　夜鶯與玫瑰

「她說，只要我送她一朵紅玫瑰，她就會與我共舞，」年輕人吶喊著：「可是我的花園裡，連一朵紅玫瑰也沒有！」

一棵冬青櫟樹上的夜鶯聽見了他的話，從層層的綠葉中探出頭來，好奇的向四處張望。

「我的花園裡，連一朵紅玫瑰也沒有！」年輕人繼續喊道，美麗的眼睛裡噙滿淚水，「唉！幸福，居然是由這樣的小東西決定啊！我熟知所有智者的名言，洞悉一切哲學的奧祕。可是，為了一朵紅玫瑰，我的人生竟變得如此悲慘！」

「總算找到一位真心的情人了。」夜鶯喃喃說道：「雖然我不認識他，但我夜夜歌頌他，每晚向星辰述說他的故事。現在我終於見到他了。他的頭

髮黑得像風信子，他的嘴唇紅得像他渴求的玫瑰。可是，感情的折磨，讓他的臉龐透著象牙般的蒼白，眉頭刻著憂愁的痕跡。

「明晚，王子要舉辦舞會，」年輕人喃喃自語：「我心愛的人也會參加。如果我送她一朵紅玫瑰，她便會和我跳舞到天亮。我可以摟著她，讓她的頭倚在肩上，把她的手握在手裡。可是，我的花園裡沒有紅玫瑰啊！我只能孤零零的坐在那裡，看著她從我身旁走過。她不會看我一眼的，我的心會破碎啊！」

「他的確是一位真心情人，」夜鶯說：「我所歌頌的愛情，竟讓他飽受折磨。我所認為的快樂，竟是他的痛苦。愛情真是了不起的東西。它比綠寶石還要珍貴，比貓眼石更有價值。它無法用珠寶換取，不在市場上出售，不能向商人買得，也無法以黃金重量衡量。」

「樂師們會彈奏樂器，」年輕人說：「我心愛的人會伴著豎琴和小提琴的音樂翩翩起舞，她的動作會多麼輕盈，彷彿雙腳不著地般。那些打扮華貴

的大臣，會團團圍繞著她。可是，她不會與我共舞，因為我沒有紅玫瑰可以送她。」說著，他撲倒在草地上，雙手掩面哭了起來。

「他為什麼哭？」一隻小小的綠蜥蜴翹著尾巴從他面前跑過時這樣問道。

「是啊！他為什麼哭呢？」一隻蝴蝶在陽光下振翅紛飛時也這樣問道。

「是啊！他為什麼哭呢？」一朵雛菊輕聲問著鄰居。

「為了一朵紅玫瑰。」夜鶯回答說。

「為了一朵紅玫瑰！」他們驚呼。「太可笑了！」向來愛嘲諷別人的小蜥蜴，直接出聲大笑。

只有夜鶯明白年輕人的苦惱。她靜靜的坐在冬青櫟樹上，思索著愛情的奧妙。突然，她張開棕色的翅膀，飛上天空。她像影子似的穿過了樹林，又像影子似的飛過了花園。

草地中央有一棵美麗的玫瑰樹。夜鶯看見那棵樹，便飛了過去，停在枝椏上。

「給我一朵紅玫瑰吧！」她大聲說：「我會為你唱出甜美的歌曲。」

可是，這棵樹搖了搖頭。

「我的玫瑰是白色的，」他回答：「白得就像海裡的浪花，甚至比山上的積雪還白。你去找我的兄弟吧！也許他有你想要的東西。」

於是，夜鶯飛到了另一棵玫瑰樹上。

「給我一朵紅玫瑰吧！」她大聲說：「我會為你唱出甜美的歌曲。」

可是，這棵樹也搖了搖頭。

「我的玫瑰是黃色的，」他回答：「黃得就像琥珀寶座上的美人魚秀髮，甚至比草地上的水仙還黃。你去找我另一個兄弟吧！他就生長在那名年輕人的窗下，也許他有你想要的東西。」

於是，夜鶯飛到了年輕人窗下的那棵玫瑰樹上。

「給我一朵紅玫瑰吧！」她大聲說：「我會為你唱出最甜美的歌曲。」

可是，這棵樹也搖了搖頭。

「我的玫瑰確實是紅色的，」他回答：「紅得就像鴿子的腳，甚至比海中的珊瑚還要紅。可是，嚴冬凍僵了我的葉脈，冰霜摧殘了我的花苞，今年，我應該開不出花了。」

「我只要一朵玫瑰花！」夜鶯大聲喊道：「只要一朵！難道就沒有辦法讓我得到它嗎？」

「辦法倒是有一個。」玫瑰樹回答：「只是太可怕了，我不敢告訴你。」

「告訴我吧！」夜鶯說：「我不怕。」

「如果你想得到一朵紅玫瑰，」玫瑰樹說：「你必須在月光下用音樂孕育它，並用你的鮮血澆灌它。你得用你的胸脯抵住我的一根尖刺，對我高歌。你必須為我吟唱一整夜，並將那根尖刺戳進妳的心臟，使妳的鮮血流進我的葉脈，變成我的血液。」

「拿生命交換一朵紅玫瑰，這代價太大了！」夜鶯驚呼：「**生命對每個人都是極其珍貴的。**能坐在綠樹上，看著太陽駕著金色馬車，看著月亮乘著珍珠馬車，是一件多麼歡愉的事！但是愛情勝過生命，而且一隻鳥的心，怎麼能和一個人的心相比呢？」

於是，她張開棕色的翅膀，飛向天空。她像影子似的飛過花園，又像影子似的穿過樹林。

年輕人依舊躺在草地上，和她離開的時候一樣，他那雙美麗的眼睛依然盈滿了淚水。

「快樂起來吧！」夜鶯大聲說：「快樂起來吧！你會得到那朵紅玫瑰的。我會在月光下用音樂孕育它，用我的鮮血澆灌它。我只希望你做一件事來報答我，就是你必須做一個真心的情人。不管哲學多麼睿智，愛情比哲學更睿智；不管權力如何強大，愛情比權力更強大。焰光的色彩是愛情的翅膀，烈火的色澤是愛情的軀體；愛情的雙唇有如蜂蜜般甜膩，愛情的氣息有如乳香般芬芳。」

年輕人仰起頭，努力的傾聽著，可是他聽不懂夜鶯的話，因為他只知道寫在書上的東西。

可是冬青櫟樹聽懂了，他很難過，因為他很喜歡這隻在他的枝椏上築巢的小夜鶯。

「為我唱最後一首歌吧！」他輕輕的說：「你走了，我會很寂寞的。」

於是，夜鶯為冬青櫟樹唱起了歌，她的歌聲清脆甜美，彷如銀壺中汩汩的流水。

聽著夜鶯的歌唱，年輕人自言自語道：「夜鶯的歌聲確實好聽，可是她有感情嗎？恐怕沒有吧！事實上，她跟大多數藝術家一樣，擁有一身才華，卻沒有一顆真心。她不會為別人犧牲自己。她只關心音樂，可是藝術是自私的。我承認她能唱出美麗的歌曲，但是那些完全沒有意義，根本沒有實際作用。」說完，他走入屋裡，躺在床上，想著自己的愛人，沒多久就進入了夢鄉。

當明月升起，夜鶯飛到那棵紅玫瑰的枝頭上，將自己的胸脯抵著尖刺，整夜清亮的吟唱。花的尖刺越扎越深，她身上的生命之血也越剩越少。

當她唱到高潮，一朵大而嬌豔

的玫瑰，在最頂端的杈枝上幽幽綻放，起初花瓣是泛白的，就像清晨河面上的薄霧；漸漸的，花瓣染上粉紅，就像新郎親吻新娘時臉上泛起的紅暈。最後，尖刺戳穿夜鶯的心臟，一陣劇痛穿透她的全身，玫瑰花完全盛開，就像東方朝霞般豔紅，花心亦如紅寶石般絢麗。

可是，夜鶯的歌聲越來越微弱了，她鼓動翅膀吐出最後的歌聲。月亮聽著歌聲，竟忘記黎明將至，依然留戀駐足。紅玫瑰聽著歌聲，激動顫抖，迎向清晨的朝露。歌聲在洞穴中迴盪，喚醒酣睡的牧童；又飄過河邊的蘆葦，讓蘆葦把訊息帶向大海。

「看啊！看啊！」玫瑰樹吶喊：「花朵長成了！」可是他並沒有得到夜鶯的回應，因為她已經倒臥在草叢中，胸口還扎著那根尖刺。

中午時分，年輕人打開窗往外看。

「啊，運氣真好！」他興奮地嚷著：「這裡居然有一朵紅玫瑰！我一輩子都沒見過這樣的一朵玫瑰花！它真美，我猜它有個長長的拉丁名字。」他俯身摘下玫瑰。

然後，他戴上帽子，手中握著那朵玫瑰，奔向教授的家。教授的女兒正坐在門廊，在紡車上纏繞著藍色絲線，她的小狗靜靜地躺在腳邊。

「你說過，要是我送你一朵紅玫瑰，你就會與我共舞。」年輕人大聲的對她說：「我這裡有一朵全世界最豔紅高貴的玫瑰。今晚你就戴著它與我共舞吧！它會告訴你，我有多麼愛你！」

可是，少女皺起眉。

「我覺得它和我的禮服不相配。」她說：「而且內庭大臣的侄子送了我一些珠寶，誰都曉得珠寶比花貴重多了。」

「你這個愛慕虛榮的人！」年輕人憤怒的把花丟到街上，花被一輛馬車碾了過去。

「我愛慕虛榮？」少女也生氣了，「你才粗魯無禮呢！你算什麼？你只不過是個窮學生。哼！你的鞋子哪能像大臣侄子的一樣，用銀扣子裝飾的！」

說完，她站起來，轉身走進屋裡。

「愛情真是愚昧的東西！」年輕人一邊走，一邊喃喃自語：「它總是帶給人們一些幻覺，讓人相信一些不真實的東西。在這個講究實際的時代，我看我還是繼續鑽研哲學，探究有用的學問吧！」

於是，他返回家中，捧起一本堆滿灰塵的書，埋頭閱讀起來。

故事三　忠誠的朋友

一天早晨，老河鼠從洞裡探出頭來。他有著明亮的小眼睛和堅硬的鬍鬚，他的尾巴好像一根長長的橡膠管。小鴨子在池塘裡游來游去，看上去就像一群黃色的金絲雀。他們的母親毛色純白，有著赤紅色的雙腿，她正在教孩子們如何在水中倒立。

「要是不會倒立，你們就永遠沒有機會和上流社會的人來往了。」她不停的對孩子們說，並為他們示範。可是，小鴨子們並不重視這些，他們年紀太小了，根本不知道和上流社會打交道有什麼好處？

「孩子們真不聽話！」老河鼠在一旁嚷嚷了起來。

可是鴨媽媽回應道：「萬事起頭難，做父母的得有耐心。」

「啊！我根本不明白你們做父母的心。」老河鼠說：「我沒有老婆孩子，

我沒結婚，也不想結婚。愛情嘛，確實不錯！可是，我覺得相較之下，友誼要高尚得多。老實說，我不知道這世上有什麼東西，比忠誠的友情更加可貴。」

旁邊柳樹上的一隻綠色朱頂雀，聽見他們的對話，插嘴問道：「那麼，河鼠！你覺得忠誠的朋友有什麼責任呢？」

「是啊！我也想知道。」說完，鴨媽媽便游到了池塘的另一頭，給小鴨子們示範一個接一個的倒立動作。

「你這問題真是傻到家了！」老河鼠喊道：「當然啦！忠誠的朋友就要以忠誠待我啊！」

「那你怎麼回報你的朋友呢？」小鳥邊說邊拍打著翅膀，懸飛在銀色的水花上。

「我不懂你的意思。」老河鼠說。

「就讓我給你講一個關於忠誠的故事吧！」

朱頂雀說。

「這個故事跟我有關嗎？」老河鼠問：「如果有關的話，我倒樂意聽聽，因為我很喜歡聽故事。」

「這個故事很適合套用在你身上。」朱頂雀一邊回答一邊飛下來，降在河岸上，開始講起《忠誠的朋友》的故事。

「從前。」朱頂雀說：「有個叫漢斯的小夥子，他非常老實。」

「他很特別嗎？」老河鼠問。

「不。」朱頂雀回答：「他並不特別，不過他心地善良。」

★　★　★

漢斯一個人住在一間小茅屋裡，每天在花園裡勞動。整個村子裡，就數他的花園最漂亮了。那裡種著麝香石竹和法國松雪草，還有粉紅玫瑰、黃玫瑰、番紅花，以及金色的、紫色的和白色的紫羅蘭……反正，多得數也數不清。都按著季節次序盛開。當一種花剛凋謝，另一種花便綻放了。在他的花園裡，一年四季人們都能欣賞到美麗花朵，聞到好聞的花香。

小漢斯有很多朋友，不過他最忠誠的朋友是磨坊主人大修。的確，這個富有的磨坊主人對小漢斯是非常忠誠的，他每次路過小漢斯的花園，都會站在籬笆邊摘走一大束花，或是拔走一把香草。在果子豐收的季節裡，他一定會往自己的口袋裡，不停的塞李子和櫻桃。

磨坊主人大修總是對小漢斯說：「真正的朋友應該分享所有的東西。」小漢斯邊聽邊微笑，並為自己這個思想崇高的朋友感到驕傲。

但是，鄰居們卻感到奇怪，富有的大修在他的磨坊裡儲存著一百袋麵粉，還有六頭乳牛和一大群羊，但他卻從來沒給過小漢斯一丁點東西。**不過，小漢斯從來不在意這些。**大修總是說，真正的友誼不應該是自私的，在小漢斯看來，聽大修講這些話是件快樂的事。

就這樣，小漢斯總是在自己的花園裡辛勤勞動。從春天到秋天，他都是快樂的，可是冬天一到，他就沒有果子和鮮花可以拿去市場上賣了。在這個時節，他總是又冷又餓，時常連晚飯都吃不上，有時只能啃一些乾梨或是堅果就上床睡覺了。冬天很漫長，他非常寂寞，可是大修在這個時候從不來看他。

大修總是對自己的老婆說：「雪還沒融化，這時我去看小漢斯一點用也沒有，因為，人在困難的時候，應該靜一靜，不能被客人打擾。對吧？所以，春天到了我再去看他，那時他可以送我一籃櫻草，這樣他會感到高興的。」

舒服的坐在壁爐旁烤火取暖的妻子說：「你想得真周到。」

這時，他的小兒子也在一旁，插嘴說：「可是，我們為什麼不請小漢斯來我們家呢？要是可憐的漢斯遇到困難，我願意把我的粥分他一半，我還要給他看我的小白兔。」

磨坊主人大修聽了兒子的話非常生氣，他大罵道：「你怎麼這麼傻！我真不明白，讓你讀書有什麼用？你好像什麼都沒學到。我跟你說，要是小漢斯來我們家，看見我們在取暖，吃得好、喝得好，說不定他會嫉妒我們。要是這樣的話，就太可怕了，他會變得不再善良。我可不能這麼做。」說完，他用嚴厲的目光，盯著坐在桌子另一頭的小兒子。那個孩子難過極了，他的臉漲得通紅，眼淚一滴滴掉進茶杯裡。

★　★　★

「這就是故事的結尾嗎？」老河鼠問道。

「當然不是啦！」朱頂雀說：「故事才剛剛開始呢！」

「那麼，請你接著往下講吧！」老河鼠說：「我很喜歡磨坊主人大修，因為我有時也和他有相同的想法。」

「好的。」朱頂雀在枝頭上跳來跳去，繼續說。

★　★　★

後來，冬天一過，櫻草開出星星點點的黃花朵，磨坊主人立刻提著一個籃子，下山去拜訪小漢斯。一見到小漢斯，他便打招呼說：「早安，小漢斯！」

漢斯用手扶著鐵鍬，面帶微笑的回答：「早安！」

大修問他：「這個冬天你過得好嗎？」

漢斯大聲說：「啊！這麼關心我，真是太好了。冬天的時候我遇到一點困難，不過春天一來，一切都好了。看到花兒開得這麼好，我很開心。」

大修又說：「冬天的時候，我們一家總是提到你，我們很擔心你，不知道你過得怎麼樣？」

漢斯說：「你人真好，我還怕你把我忘了。」

大修說：「漢斯，你這麼說太奇怪了，我怎麼會忘記我們的友誼呢？啊！你的櫻草長得真好看！」

漢斯回答說：「是啊！它們長得不錯。我今年運氣很好，櫻草長得很旺盛。我要把它們拿到市場上去賣了，賺的錢可以贖回我的小推車。」

大修說：「贖回你的小推車？你是說，你把你的小推車給賣了？天啊！你真傻。」

漢斯說：「可是，我不得不這麼做。你知道，這個冬天我過得很辛苦，我連買麵包的錢都沒有。所以，起先我賣掉衣服上的銀鈕扣，然後賣掉銀鏈子，後來又把大煙斗賣了，最後不得不賣小推車。現在，我要把它們都贖回來。」

「親愛的漢斯，」磨坊主人大修說：「我把我的小推車送給你吧！雖然它不怎麼好，有點兒小毛病，但是，我還是要把它送給你。你知道，我很慷慨，和一般人不一樣。但我認為，慷慨對友誼來說很重要。反正我還有一輛新的小推車，原先的那輛就送給你吧！」

小漢斯的臉上充滿喜悅，說：「啊！你太慷慨了。我可以把你的小推車修好，因為我的屋裡正好有塊木板。」

「一塊木板！」大修說：「太好了，我正缺一塊木板。我的穀倉頂破個大洞，我得趕緊把它修好，否則穀子會受潮的。幸好你有塊木板。你看，我已經把我的小推車給你了，那麼你就把你的木板給我吧！小推車比木板要貴

多了，不過為了友誼，我可以不在意這些東西。你快把木板給我吧！我今天就要修穀倉。」

小漢斯高興的說：「我馬上去。」說完，就跑進屋，把木板拿了出來。

大修看看木板，說：「這塊木板不大，我怕用它補了穀倉之後，就沒有多餘的給你修補小推車了。不過，這當然不是我的錯。我已經把我的小推車給你了，那麼你一定會高興的送我一些花作為報答，對吧？我的籃子在這兒，來！你幫我把它裝滿吧！」

小漢斯接過籃子，面帶愁容的問：「要裝得滿滿的嗎？」小漢斯知道，只要把籃子裝滿了，他就沒有多少花可以拿到市場上去賣了。唉！他多麼希望能贖回自己的銀鈕扣啊！

可是，磨坊主人大修卻說：「當然啦！既然我已經把小推車給你了，那麼你給我一些花是理所當然的。也許是我錯了，可是，在我看來，真正的友誼是不能有一點私心的。」

聽到這兒，小漢斯立刻大聲的說：「我親愛的朋友，我最好的朋友，只要你想要，我花園裡所有的花都可以給你，至於我那顆銀鈕扣，以後我會想別的法子贖回的。」說完，他便跑去把所有的櫻草花都摘下來，把它們裝進大修的籃子裡。

大修說：「再見！漢斯。」他心滿意足的拿起木板，提著花籃回家了。

小漢斯也對他說：「再見！」然後，他便開心的用鐵鍬挖起土來，因為他很高興大修能把自己的小推車給他。

第二天，小漢斯在前廊工作的時候，聽見磨坊主人大修從路上喊叫他。於是，他跑到花園裡，向牆外張望。

大修扛著一大袋麵粉，站在路邊對他說：「親愛的小漢斯，你能幫我把這袋麵粉扛到市場上去賣嗎？」

小漢斯說：「啊！真對不起，我今天很忙，我還得澆花和修剪草坪。」

磨坊主人大修說：「話雖如此，可是，我就要把我的小推車送給你了，你還拒絕我，你也太不夠朋友了。」

小漢斯聽了大聲說：「啊！請你不要這麼說，無論如何我也不會對不起朋友的。」說完，他跑進屋裡戴上帽子，然後跑出來接過大修手裡的麵粉袋，扛起來便動身往市場去了。

那天天氣非常炎熱，路上塵土飛揚。沒走多久，小漢斯就累得不行了。不過，他堅持趕路，到了市場後便把麵粉賣個好價錢，拿了錢不敢多休息一分鐘就趕回家，生怕遇上強盜把錢搶走。他很高興自己能為磨坊主人大修做

點什麼，因為他認為大修是他最好的朋友。

第二天大清早，大修就下山來找小漢斯要麵粉錢，可是小漢斯實在是太累了，所以大修到的時候，他還在床上睡覺。

大修說：「你實在是太懶了。看！我就要把小推車送給你了，你應該勤快的工作才對。我可不希望我的朋友是個懶惰蟲。你別怪我說話太直，我只是覺得，真正的朋友之間應該實話實說，不能只說些中聽不中用的話。」

「真對不起！」小漢斯揉揉眼睛，脫下睡帽，說道：「我實在是太累了，我能再躺一會兒嗎？」

大修拍了拍小漢斯的背，說：「好啊！不過，我希望你能快點穿好衣服，跟我一起去修補我的穀倉。」

可憐的小漢斯已經有兩天沒給自己的花澆水了，他真的很想去自己的花園裡工作。可是，磨坊主人大修是他的好朋友，所以，他不好意思拒絕他。

於是，小漢斯難為情的問大修：「如果，我說我很忙，不能幫你的忙，你會

覺得我不夠朋友嗎？」

大修回答說：「會啊！我的要求並不過分，況且我都要把小推車送給你了，你要是不肯幫我，我就得自己動手。」

小漢斯連忙說：「啊！不可以！我幫你。」他從床上跳下來，穿好衣服，跟著大修去穀倉。

他在穀倉裡整整工作了一天，一直到傍晚。天快黑的時候，大修來看他做得怎麼樣了。

大修開心的問：「小漢斯，你把屋頂上的洞修補好了嗎？」

小漢斯從梯子上爬下來，說：「嗯，全補好了。」

「啊！」大修說：「沒有什麼比幫別人忙更快樂的了。」

小漢斯滿頭大汗的說：「聽你這麼說是我的榮幸。可是，我恐怕永遠說不出這麼有智慧的話。」

大修說：「你放心，只要努力練習當個忠誠的朋友，有一天你也會懂得友誼的道理，慢慢的你就會和我一樣了。」

小漢斯開心的問：「我真的可以嗎？」

大修說：「當然啦！今天你幫我補好了屋頂，現在你最好回家休息一個晚上，明天我還要請你去山上放羊呢！」

可憐的小漢斯不好意思推辭。第二天，他又幫大修放一整天的羊。晚上回到家的時候，他累得要命，一坐到椅子上便睡著了，一覺睡到天亮。

「能夠在自己的花園裡工作真好。」他總是這麼想。可是，大修時常來找他幫忙，小漢斯為此感到十分痛苦。他很想照料自己的花，但另一方面，他又安慰自己，大修是他最好的朋友，而且是一個慷慨的朋友。

一天晚上，小漢斯正在家裡烤火取暖。突然，響起很大的敲門聲。這是個狂風暴雨的夜晚，小漢斯起初以為只是暴風吹襲，可是這個聲音接二連三響起，且越來越大聲。小漢斯立刻跑去開門。

原來是磨坊主人大修。他一手提燈籠，一手拄著手杖，一見到小漢斯便叫喊起來：「親愛的小漢斯，我遇到大麻煩了。我的小兒子從梯子上摔下來受了傷，我得馬上去請醫生。可是，醫生住得太遠，今天天氣又這麼壞，所以，你能幫我跑一趟嗎？我就要給你小推車了，你應該報答我啊！」

小漢斯連忙說：「那是當然，我現在就出發。不過，你能把燈籠借給我嗎？天太黑了，我怕一不小心跌進水溝裡。」

大修說：「對不起，這個燈籠是新的。你要是把它弄壞了，我的損失就大了。」

「哦！沒關係。」小漢斯說：「我就不用它了。」他立刻穿好衣服出發。

這真是個糟糕的夜晚！天很漆黑，伸手不見五指，風刮得厲害。小漢斯舉步維艱，終於來到醫生家，他敲敲門。

「誰呀？」醫生從屋裡探出頭，大聲問道。

小漢斯也大聲的回答說：「是我，小漢斯。」

醫生又問：「小漢斯，你來有什麼事嗎？」

小漢斯說：「磨坊主人大修的小兒子從梯子上摔下來受傷了，麻煩您現在就去他們家一趟。」

「好的！」醫生便叫人備好馬，穿好靴子，拿起燈籠下樓，騎上馬奔向磨坊主人大修的家，而小漢斯只能吃力的跟在馬後頭跑。

可是，暴風雨越來越猛烈，雨水落到地面匯聚成一條條水流。小漢斯根本就看不清路，他迷失在荒野裡，到處都是深深的水坑，可憐的小漢斯摔了進去。第二天，牧羊人發現他漂在一個大水坑上面。小漢斯下葬的時候，所有的人都來了，因為他是個好人。

大修是主要的送葬者，說：「小漢斯的死對我來說真是一個莫大的損失，我差一點就把我的小推車送給他了，可是現在，推車又破又舊，放在家裡很礙眼，又不能拿去賣錢。看來，我以後可不能總是這麼慷慨的把東西送給別人了。一個人要是像我這麼慷慨，肯定會吃虧的。」

「然後呢？」過了好一會兒，老河鼠問道。

「我講完了啊！」朱頂雀說。

「可是，磨坊主人大修怎麼樣了呢？」老河鼠又問。

「啊！這我不知道。」朱頂雀說：「而且，我也不在乎這個。」

「天啊！你真沒有同情心。」老河鼠說。

「你大概沒聽懂這故事的寓意。」朱頂雀說。

「你說什麼？你若早說，我才不會聽哩！」老河鼠生氣的嚷嚷了起來，怒氣沖沖的唸幾句，便鑽回自己的洞裡去了。

「我想我得罪他了！」朱頂雀說：「因為我給他講了一個寓意深刻的故事。」

故事四　自私的巨人

每天下午放學後，孩子們總喜歡到巨人的花園裡去玩耍。

這是一個非常漂亮的大花園。綠油油的小草鋪滿了整個花園；美麗的花朵在草叢中探頭探腦，好像天上的星星。花園中還有十二棵桃樹，一到春天就開出粉紅的花蕾，到了秋天則會結滿香甜的果子。小鳥在樹上唱著動聽的歌，這個時候，孩子們總會被歌聲吸引而忘記了遊戲。

「我們在這裡好開心啊！」孩子們笑著、叫著。

有一天，巨人回來了。之前，他到康瓦爾郡的食人怪朋友家去拜訪，在那裡住了七年，該說的話都說盡了，於是決定回家來了。一到家，就看見很多孩子在他的花園裡玩耍。

「你們在這兒做什麼？」他生氣的大吼，嚇跑了所有的孩子。

嚴禁擅入
違者嚴懲

「這個花園是我一個人的。」巨人說：「除了我以外，誰也不准在我的花園玩耍。」然後，他在花園周圍砌起高牆，還立了一塊警示牌：

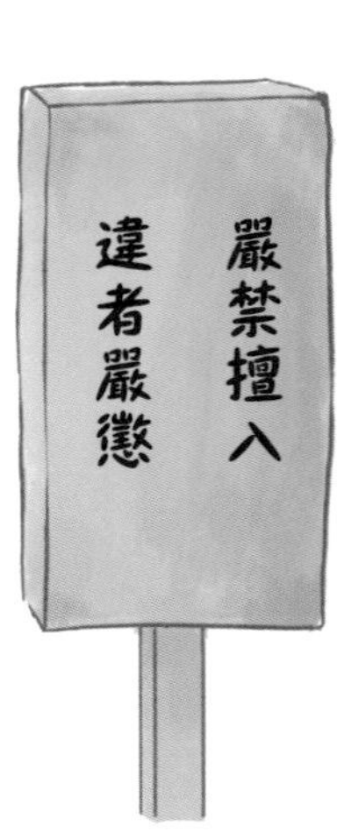

他是個自私的巨人。

現在，可憐的孩子們沒有地方可以玩耍了。他們只好在街道上玩，可是街道上灰塵瀰漫，又布滿堅硬的石頭，他們很不喜歡。放學後，他們常常在高牆外徘徊，談論著牆內那個美麗的花園。「以前，我們在裡面多麼開心啊！」他們彼此傾訴著。

沒過多久，春天來了。鄉村處處充滿鮮花的芬芳，小鳥婉轉的歌聲，唯獨巨人的花園裡還是冬天的氣象。因為，花圃裡看不到孩子們的蹤影，小鳥不願意歡唱，樹木也忘了開花。

有一次，一朵美麗的花兒偶然從草叢中探出頭來，可當它看見那塊警示牌，就又馬上縮回去睡覺了。「春天把這兒遺忘了。」風和霜嚷嚷道：「我們可以一整年都待在這兒了。」雪用她白色的大披風蓋住草地，霜把所有的樹枝都塗成了銀色，他們還邀請北風來同住。北風應邀而來，他穿著皮大衣，在花園裡咆哮了一整天，把煙囪頂筒帽也吹掉了。「我們一定要請冰雹也過來玩玩。」他們說。於是，穿裹著灰衣服、呵氣成冰的冰雹也過來了。每天，他都要敲打城堡的屋頂，砸碎所有的瓦片，在花園裡跑上一圈又一圈。

「真不懂為什麼春天還沒來？」自私的巨人坐在窗前，望著銀裝素裹的花園，自言自語：「真希望天氣可以好起來。」

可是，春天遲遲沒有降臨，夏天也難覓蹤跡。秋天給每個花園都送去了金燦燦的果實，唯獨巨人的花園什麼也沒得到。「他太自私了。」秋天這樣說。於是，巨人的花園裡只有冬天，而北風、冰雹、霜和雪卻一直在這花園中狂歡。

一天早上，巨人醒來後躺在床上，忽然聽到一陣動聽的音樂。樂聲婉轉悅耳，他以為是國王的樂隊路過這裡。其實，那是一隻小紅雀的歌聲，只不過巨人太久沒聽見小鳥在他的花園裡吟唱，所以對他來說，那就像是世界上最動人的音樂。這時候，冰雹停止了狂舞，北風也不再呼嘯，一縷幽幽的清香透過敞開的窗撲鼻而來。

「我想，春天終於來了。」巨人說著便跳下床，朝窗外望去。

你猜，他看到了什麼？

他看見了奇妙的一幕。孩子們從牆上的一個小洞鑽進了花園，坐在樹上，每一棵樹上都坐著一個。樹木因為孩子們回來而感到高興，紛紛用漂亮的花朵裝飾自己。小鳥們快樂的四處飛舞歡歌，花兒也從草叢中探出美麗的笑臉。這是一幅多麼動人的畫面啊！

不過，有一個角落依然是冬天，那是花園裡最偏僻的角落，有個男孩站在那裡，可是他太小了，還不會爬樹，只能在樹下哭泣，所以這棵可憐的樹仍然被積雪覆蓋。「快爬上來吧，孩子！」樹一邊對這孩子說，一邊努力地垂下枝椏。可是，這個孩子實在是太小了，根本爬不上去。

看到這幅情景，巨人的心融化了。「現在，我知道春天為什麼不願意來這裡了。**我要把那可憐的男孩抱到樹上去，然後拆掉圍牆，讓我的花園永遠變成孩子們的樂園。**」他為自己的自私感到後悔了。

巨人輕輕的走下樓，悄悄的打開門，來到花園。但是孩子們很怕巨人，一看到他就全逃走了，冬天再次降臨花園，只有那個小男孩沒有跑，因為他哭得太傷心，沒有看到巨人走過來。

巨人躡手躡腳來到小男孩背後，輕輕托起他放到樹上，就在那瞬間，樹上的鮮花綻放，小鳥也飛來放聲高歌，小男孩破涕為笑。孩子們見巨人不再那麼兇暴，便都跑了回來。春天，也跟著他們的腳步，回到了花園。

「孩子們，從現在開始，這個花園就是你們的。」巨人說。然後，他拿起斧頭，拆毀了圍牆。中午，人們路過時，看見巨人和孩子們在美麗的花園裡嬉戲。

他們玩耍了一整天。到了傍晚，孩子們紛紛向巨人告別。

「那個小男孩呢？」巨人說：「就是那個被我抱到樹上的男孩？」

「我們不知道，可能已經走了。」孩子們答道。

「那請你們告訴他，讓他明天再到這裡來玩。」巨人說。可是，孩子們告訴巨人，他們都不知道小男孩住在哪裡，也從沒見過他，巨人聽了很難過。

每天下午放學後，孩子們都會來找巨人玩，可是那個小男孩再也沒出現過。巨人對每個孩子們都非常和藹，可是他依舊很想念那個小男孩。

「我很想再見見他啊！」巨人感嘆道。

很多年以後，巨人老了。他再也不能和孩子們一起玩耍了，只能坐在一把巨大的搖椅上，看孩子們在花園裡玩鬧，一邊欣賞著自己的花圃。

「雖然，我有很多美麗的鮮花。」他說：「**但孩子們才是最美的花朵。**」

一個冬日的清晨，巨人起床時望了望窗外。現在，他已經不討厭冬天了，因為他知道這只是春天在休息，花草樹木在睡覺罷了。

突然，他不可置信的揉了揉眼睛，又睜開眼看了看。那真是個奇妙的景象，在花園最偏僻的角落裡居然有一棵樹，它那金色的枝椏上開滿可愛的白色花朵，結滿銀色的果實，樹下正站著那個他最想念的小男孩。

巨人喜出望外，跑下樓，衝進花園，奔向小男孩。小男孩面帶微笑，對巨人說：「你曾讓我在你的花園裡玩耍，**今天，我要帶你去我的花園，那裡就是天堂。**」

那天下午，當孩子們跑進花園時，發現巨人安詳的躺在樹下，一動也不動，身上蓋滿了潔白的花朵。

故事五　了不起的火箭炮

國王的兒子就要結婚了，全國上下都沉浸在舉辦慶典的歡樂氣氛中。

王子一直盼著自己的新娘，等候了一年，她終於到了。新娘是俄國的一位公主，坐著一輛由六隻馴鹿拉的雪橇，從芬蘭一路趕來。雪橇的形狀猶如一隻優雅的金色天鵝，而公主就坐在天鵝的兩隻翅膀中間。她身上穿著一件拖曳至腳後跟的貂皮斗篷，頭上戴著一頂銀線繡製的小帽，皮膚白得就像她居住的白雪皇宮一樣。「她就像一朵白玫瑰！」人們邊說邊從陽臺上向她拋出美麗的鮮花。

王子在皇宮外等著他的新娘。他有一雙夢幻般的紫色眼睛，還有一頭金髮。當公主來到他的面前，他單膝跪下，親吻她的手。

「你的畫像很美。」他喃喃的說：「可是，你本人比畫像還要美。」小

公主的臉龐瞬時染上了紅暈。

「她原本像一朵白玫瑰，現在，倒像一朵紅玫瑰了。」一個年輕的侍從這麼說，他的話也惹得所有人哈哈大笑。

三天後，婚禮舉行了。這是一個盛大的婚禮，王子和公主手牽著手走過，繡著小珍珠的紫色天鵝絨頂蓬。隨後，皇宮裡舉行了長達五個鐘頭的盛大宴會。王子和公主坐在大殿裡，共用一個晶瑩剔透的水晶杯喝酒。據說，只有真心相愛的人才能用這個杯子喝酒，要是對愛情不真誠的人用了這個杯子，杯子會立即黯淡無光。

「他們肯定是真心相愛的。」年輕的侍從說：「就像這晶瑩剔透的水晶杯一樣。」旁邊的人紛紛表示贊同。

宴會結束，接著又舉行了一場舞會。新郎和新娘一起跳舞，國王吹著笛子為他們伴奏。其實，國王吹得並不好，不過因為他是國王，不管他吹什麼，大家都會一起高喊：「棒極了！棒極了！」

婚禮的壓軸節目是施放煙火，施放的時間是當天午夜。公主從來沒看過煙火，所以國王特別安排了皇家花炮手，負責這次的煙火表演。

飯後，在露臺上散步的時候，公主問王子：「煙火是什麼樣子？」

「就像出現在北極的極光。」國王搶著回答說：「你一定得看看它們！」

沒多久，御花園的一端搭起了一座高臺，等皇家花炮手把一切都布置好以後，煙火們就交談了起來。

「這世界真是太美了！」小爆竹嚷嚷著說：「我很高興我旅行過了。旅行能增加見識，消除一個人的成見。」

「國王的花園可不是整個世界，你這個傻爆竹！」羅馬燭光炮說：「這個世界很大，你要想看遍整個世界，得花上三天的時間。」

「任何地方，只要你愛它，它就是你的世界。」憂鬱的轉輪煙火發表出自己的看法。她年輕時曾愛過一個破舊的杉木匣，至今仍以這段失敗的戀情為豪，「不過，真正的愛情是痛苦的，是沉默的。我記得……算了，浪漫愛情早已成為過去。」

「你瞎說！」羅馬燭光炮反駁：「愛情永不消逝。它就像月亮一樣，是永恆的。你看，這對新郎新娘多麼相愛！」

突然，傳來一陣乾咳聲，他們紛紛轉頭四下張望。

原來，咳嗽的是一支高大的火箭炮，看起來神色傲慢，他被綁在一根長長的木棍上。每次他一說話，總要先乾咳一、兩聲，引起別人注意。現在，大家都靜靜的等著他往下說。

火箭炮又咳了兩聲，傲慢的說道：「國王的兒子真幸運，他結婚日子正好是我燃放升空的那天。這對他來說再好不過了，王子們總是那麼幸運。」

「太奇怪了！」小爆竹說：「我的想法恰恰相反，我認為我們是因為王

子的婚禮才燃放的。」

「對你來說可能是這樣。」火箭炮說：「可是我不一樣，我可是了不起的火箭炮。我出生在一個了不起的家庭。我的母親是她那個時代最出名的轉輪炮，以優美的舞姿著稱。每次她出場，總要轉十九個圈再飛出去，向空中抛出七顆粉紅色的星星。她的直徑有三英尺半，她可是用最好的火藥製成的。我的父親也是個火箭炮，擁有法國血統。他能飛得很高很高，人們都擔心他不會再落下來了。不過，他奇蹟似的化作一陣金雨，光芒萬丈的落了下來。後來，連《宮廷公報》都讚賞他的火炮表演極為成功。」

「我知道，你說的是花炮吧？」旁邊的孟加拉煙火說：「我知道是花炮，因為我的匣子上就寫著這樣的字。」

「哦，我說的可是『火炮』！」火箭炮嚴肅的反駁，「……剛剛我說到哪兒了？」

「你在講你自己。」羅馬燭光炮回答。

「沒錯，我最討厭別人插嘴了，因為我對沒禮貌的行為最敏感了。」火箭炮說：「同理心是一種美德。我就是個有同理心的人，會為別人著想。如果說今晚我發生了什麼意外，會對很多人造成不幸，王子和公主也會為此難過，他們的婚姻也會因此破裂，而國王也會受不了這個打擊的。唉！一想起自己如此重要，我都快感動得流淚了。」

「**你要想讓別人快樂，最好別哭濕了自己的身體。**」羅馬燭光炮大喊。

「沒錯！」孟加拉煙火插嘴說：「這可是基本常識。」

「是啊！常識。」火箭炮生氣的說：「你可別忘了，我是個了不起的人物。我流淚是因為我感性，可是，你們一個個都不懂得欣賞。你們真是些沒感情的傢伙，只顧著開玩笑。」

「怎麼啦？」一個小火球嚷著：「我們為什麼不能開心呢？王子和公主舉行了婚禮，這是件多麼大的喜事。等我飛到天上，跟星星說起美麗的新娘，你會發現連他們都開心的眨著眼。」

「唉！你的人生太平凡了！」火箭炮說：「不過，這也不出我所料。你沒什麼知識，還缺少想像。喔！王子和公主也許會住在一條河流經過的地方，他們會生下唯一的兒子，那個孩子有著金髮和紫色的眼睛和他父親一樣。也許有一天，孩子會和保姆一起去散步。然後，保姆在樹下打瞌睡，孩子一不小心就掉進河裡淹死了。啊，太可怕了！可憐的王子和公主，他們失去了唯一的孩子！真是太可怕了！我永遠承受不了這種打擊。」

「可是，他們並沒有失去孩子啊！」羅馬燭光炮說：「什麼不幸都沒有發生。」

「我並沒有說他們失去了孩子。」火箭炮說：「我只是說他們可能會失去。要是他們已經失去了唯一的孩子，我這麼說就沒有任何意義了。我最恨那些出了事情才知道後悔的人。」

「虛偽！」孟加拉煙火喊道：「你是我見過最虛偽的傢伙！」

「你是我見過最無禮的人！」火箭炮生氣的說：「你根本不了解我與王

子的交情。」

「哼！你根本就不認識王子！」羅馬燭光炮吼道。

「誰說我不認識他！」火箭炮說：「我要是不認識他，我怎麼跟他做朋友。」

「不過，你最好別再流淚了。」小火球說：「這才是最重要的事情。」

火箭炮反駁道：「我想哭就哭。」說完，他真的哭了起來，淚水像雨點一樣順著他的棍子流了下來。兩隻小甲蟲正打算找個乾燥的地方安家，卻差一點被他的淚水給淹死。

「他可真是多愁善感。」轉輪炮說：「沒什麼好哭的，他卻能哭的那麼傷心。」她嘆了口氣，又想起心愛的杉木匣了。

可是羅馬燭光炮和孟加拉煙火卻很不高興，他們大聲的嚷嚷了起來：

「胡說！胡說！」只要是他們不認可的事，他們就會說那是「胡說」。

這時，月亮像一枚美麗的銀盤，緩緩升到空中，星星也發出閃亮的光芒。宮殿裡響起美妙的樂聲，王子和公主一起跳著舞。他們跳得很優雅，連那些亭亭玉立的白蓮花都從窗外悄悄的望著他們倆。

午夜十二點，鐘聲敲響了。所有的人走上了露臺，國王派人喚來皇家花炮手。

「開始施放煙火！」國王一聲令下。皇家花炮手向他深深的一鞠躬，走下露臺，來到花園的另一邊。他帶了六名隨從，每個人都拿著一根火把。

這是一場盛大的表演。

「咻！」的一聲，轉輪炮旋轉著騰空飛起。「轟隆！」一下，羅馬燭光炮也直衝雲霄。爆竹們跳起了歡樂的舞蹈，把天空照得通紅一片。「再見！」小火球叫道，然後飛上了天空，撒下無數的藍色火焰。「啪啦！啪啦！」爆竹們也熱烈的響應。

大家都很成功，除了那個自以為了不起的火箭炮。因為他把自己哭得濕漉漉的，根本無法燃放。其他爆竹都快活的飛上天，開出了火樹銀花，煙花燦爛。「真好看！真好看！」整個皇宮裡的人都興奮的叫著，小公主也開心的笑了。

「我想，他們應該是要等到盛大場合才派我出場。」火箭炮對自己說：「肯定是這樣。」然後，他擺出十分傲慢的姿態。

第二天，僕人們來打掃花園。火箭炮把鼻子挺得高高的，趾高氣昂，還皺起眉頭，假裝在思考什麼重要的問題似的。可是，沒有人注意到他。當他們打算離開的時候，忽然有個僕人看到了火箭炮。「啊！」那個人喊了一聲，「這裡居然有個壞掉的火箭炮！」說完，便順手把它丟進旁邊的水溝裡。

「什麼？壞掉的火箭炮？」在半空中的他邊轉邊叫：「不可能，肯定是我聽錯了。」接著就掉進了水溝。

「這裡一點兒也不舒服。」他說：「不過，這裡肯定是個溫泉。他們把我送到這裡，是想讓我早點恢復健康吧！」

這時，一隻小青蛙朝他游了過來，他有著一對如寶石般的明亮眼睛，還有一件帶斑點的綠外套。

「你是新來的吧？」小青蛙說：「呱呱！再也沒有什麼地方比爛泥塘更好了。只要天一下雨，這裡會變得很棒！我真希望今天下午能下雨，可是，天那麼藍，一片烏雲也沒有。真可惜！」

「咳咳！咳咳！」火箭炮乾咳了起來。

「今晚我們有個合唱，你可以來聽，就在農舍旁的養鴨塘。月亮升起的時候，我們就開始齊聲歌唱。」青蛙說：「呱呱！我們唱得非常悅耳好聽，所有人都躺在床上聆聽。昨天，我還聽見農夫的妻子對他說，因為我們的緣故，她一個晚上都沒睡。呱呱！看到自己這麼受人歡迎，真是太好了。」

「咳咳！咳咳！」火箭炮很生氣，但他插不進一句話。

「我得去找我的女兒了！我有六個漂亮的女兒。我真怕她們會遇上什麼危險。再見了！我們的談話真令人愉快。」青蛙說完，便游走了。

「真是個討厭的傢伙。」火箭炮說：「一點兒教養也沒有。這種人就知道不停的說著自己的事，真是自私到家了。青蛙應該跟我學學，做一個有同情心的人。他應該抓住機會，因為我馬上就要回宮去了。我可是宮中的寵兒，昨天王子和公主為了祝賀我才結婚的。不過，青蛙對這些一點兒都不知道，因為他是個徹徹底底的鄉巴佬。」

「你說這麼多根本沒用。」一隻停在棕色香蒲上的蜻蜓說：「一點兒用也沒有，因為他已經走遠了。」

「那是他的損失。」火箭炮說：「我可不是為了讓他聽見才說這些的。我喜歡自己展開長

篇大論，這是一種快樂。雖然我很聰明，但是有時候我也不知道自己在講些什麼？」

「那麼，你應該去講授哲學。」蜻蜓說著便展開薄紗一樣的雙翼，輕盈的飛向天空。

「他不留下來真傻！」火箭炮說：「他不是每天都有機會聽我說話的。不過，我才不在乎！像我這樣的天才總有一天會受到人們的賞識的。」他在爛泥巴裡陷得更深了。

過了一會兒，一隻大白鴨游了過來。她有雙黃腿和一雙有蹼的腳，走起路來一搖一擺，被封為絕代佳人。

「嘎嘎！嘎嘎！」她說：「你長得很奇怪！你天生就是這樣，還是發生了什麼意外後變成這樣的？」

「你顯然沒進過城。」火箭炮說：「不然你肯定知道我是誰。不過，我原諒你的無知。如果我告訴你，我能飛到天上，化作一陣燦爛金雨落下來，你一定會十分驚訝。」

「我才不稀罕。」正好游過來的大白鴨說：「這有什麼用？你要是能像牛一樣耕田，像馬一樣拉車，像牧羊犬一樣看守羊群，那才了得。」

「天啊！」火箭炮非常傲慢，「你真是個下等人！他們選擇做苦力，是因為他們沒別的事好做，能跟我這種有身分的人比嗎？」

大白鴨向來脾氣好，不喜歡跟別人爭吵，便說：「算了算了，再吵下去也沒什麼用。那麼，你是想住下來吧？」

「啊！我才不要。」火箭炮喊道：「我只是一位客人，一位尊貴的客人。老實說，這裡太單調乏味了，不但沒什麼社交生活，又吵得要命。我是應該回到皇宮裡，因為我註定要轟動世界。」

「我以前也想過為社會服務。」大白鴨說：「不過，事情沒那麼簡單。所以，我最後還是決定專心料理家務，照顧我的家人。」

「咳咳！我生來就是做大事的。」火箭炮說：「任何時候，只要我們家族一出場，就能吸引所有人的目光。將來，等我出場的時候，一定很壯觀。在我看來，做家事會讓人老得很快，而且會讓人不再追求更高的目標。」

「嘎嘎！更高的目標。」大白鴨說：「想到這些我就肚子餓。」說完，她就游走了。

「回來！你給我回來！」火箭炮使勁的喊著：「我還有很多話要跟你說呢！」可是，大白鴨再沒有理他。

「走了也好，我高興還來不及呢！」他接著對自己說：「她的思想太俗氣了。」他在爛泥裡陷得更深，也更覺得天才註定是寂寞的。

忽然，兩個身穿白色粗布衣的小男孩跑了過來，一個抱著水壺，另一個抱著一堆柴火。「看！」其中一個小男孩發現了他，大聲嚷道：「這裡居然有根舊棍子！」說著，他把火箭炮撿了起來。

「舊棍子！」火箭炮說：「不可能！肯定是我聽錯了，他說的是『金棍子』，對，他把我誤認作宮裡的大官了！」

「我們把它丟進火裡煮水吧！」另一個孩子說。於是他們把柴火堆在一起，再把火箭炮放在最上面，然後點著了火。

「好極了！」火箭炮快樂的叫了起來：「他們要在白天燃放我，這樣，每個人都能看到我的表演了。」

「我們先睡會兒吧！」孩子說道。於是，他們在草地上躺下來，閉上了眼睛。

火箭炮濕透了，所以經過很長時間才完全乾燥。最後，他終於被點燃了。「咳咳！我就要燃放升空了！」他嚷嚷了起來，「我要還把身子挺得直直的，一直飛到比星星還高，比月亮還高，比太陽還高的地方……。」

咻！咻！他一飛衝天。「棒極了！」他叫著：「我要一直這樣不停的飛，看，我多麼成功！」

可是，誰也沒看見他。

「我要爆炸了！」他高聲吶喊著：「我要轟動全世界，讓人們在未來的一年裡都討論著我的事蹟！」然後，他真的爆炸了。

可是，沒有人聽見，連那兩個小孩也無動於衷，因為他們已經睡著了。現在，火箭炮只剩下一根棍子了，這根棍子掉下來恰巧打到一隻在水溝邊散步的鵝。

「天啊！」鵝嚇一跳，大叫出聲：「天上怎麼下起棍子雨來了。」說完，她便一骨碌跳進水裡。

「我就知道我會轟動全世界！」火箭炮喘著最後一口氣，說完便熄滅了。

故事六　少年國王

在加冕的前一個晚上，少年國王獨自坐在富麗堂皇的寢宮裡。他的大臣們按規矩行了禮之後都告退了。

他還是個孩子，今年只有十六歲。看到大臣們走了，他終於鬆了一口氣，舒適的靠在繡花長椅的軟墊上，靜靜的躺著，看上去就像膚色黝黑的森林之神。

當初獵人遇到他的時候，這個孩子光著腳，手裡拿著笛子，正在為牧羊人放羊。在那之前，他一直以為自己是牧羊人的兒子，其實他的母親是老國王的獨生女兒，她和一個地位卑微的人秘密結婚後生下了他。

有人說，他的父親是個貧民，能吹出魔幻的笛聲，迷惑公主愛上他；又有人說，他的父親是位藝術家，才華備受重視，可是他突然離開了這個國家，

走的時候連教堂裡的壁畫都沒有完成。

父親離開的時候，孩子才出生一個星期。在母親熟睡的時候，他被人偷偷抱走，送給了一對沒有孩子的農家夫婦撫養。母親醒來後，不到一個鐘頭便與世長辭。也許她是因為悲傷過度，也許是像御醫所說的那樣染了重病；也或者是如傳言所說，喝下了毒藥。她被葬在城外一處荒涼的墓地，據說下葬的時候，墓穴裡還有一具屍體，是一個容貌英俊的異國男子，雙手被反綁，身上滿是傷痕。

反正，人們私下都是這麼說的。不過，有件事倒是真的。老國王臨死前，不知道是對自己所犯的過錯感到後悔，還是擔心王權落到別人手裡，便差人找回了那個孩子，並當著所有大臣的面指定他為繼承人。

孩子被指定為繼承人後，似乎對一切美麗的事物表現出極大的熱情。當他看見華美的衣裳和珍貴的珠寶，就神情驚訝的叫出來，欣喜若狂的脫掉身上的舊衣服。儘管有時候，他也會想念山林間自由自在的生活，因為宮中的禮節實在是繁複，讓他心煩氣躁。但如今，他是這座輝煌宮殿的主人，一切都是新鮮有趣的，所以只要一有空，他就會從一個房間走到另一個房間，從一條走廊穿到另一條走廊。

對他來說，這就和探險一樣，也像是在仙境中漫遊。有的時候，會有幾名身披紗衣、繫著漂亮絲帶的金髮侍從陪在他身邊；不過，更多的時候，他總是獨自一人，憑著天生的敏銳直覺去尋找新奇的世界。

聽說，他曾跪在一幅從威尼斯運來的畫像前，凝視著那幅暗示人們崇拜神祇的畫像。又有一次，他不明失蹤了好幾個小時。最後，人們才在皇宮北側角樓的一個小房間裡找到他，當時他正出神的望著寶石雕刻的希臘神像。此外，他還曾一整個晚上不睡，只為觀察月光照耀在銀像上的各種變化。

凡是稀有珍貴的東西都令他神往，強烈地想得到它們。於是，他派人去向北海的漁民收購琥珀；去埃及尋找法老陵墓中神奇的綠松石；去波斯收集絲絨編織的毛毯和彩繪陶器；去印度採買薄紗、象牙、月長石、翡翠鐲子、檀香和羊毛披肩。

但是，最讓他神往的就是加冕時要穿的那件金線長袍，還有鑲滿紅寶石的皇冠和串著珍珠的權杖。今天晚上，當他躺在這豪華的長椅上，望著大塊松木在火爐中慢慢燃燒時，心裡想的就是這個。這些行頭都是由最知名的工匠設計，早在幾個月前他們就把設計稿呈遞上來。然後，他便下令，讓工匠們不分晝

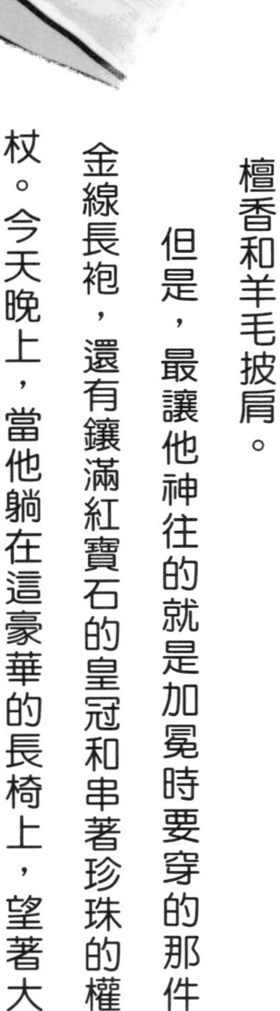

夜的趕製，並派人去各地搜尋和它們搭配的珠寶。一想到自己穿著華麗的長袍站在高高的祭壇上，他那帶著孩子氣的嘴唇不禁露出微笑，那雙烏黑的眼睛也閃爍著快樂的光芒。

忽然，他站起身，走到窗邊。窗外，大教堂的圓頂在夜晚的霧色中若隱若現，疲憊的哨兵正在靠近河的露臺上來回巡邏。遠遠的，果樹園裡傳來夜鶯啼囀的動人歌聲，空氣中隱隱飄來茉莉花的淡淡香味。他的眼皮沉甸甸的，

一股莫名的倦意向他襲來。

午夜的鐘聲響起，他拉鈴召喚侍從們進來。侍從們為他更換衣服，在他的手上灑上玫瑰香水。待侍從們離開房間，不久他便進入了夢鄉。

他做了一個夢——

他夢見，自己站在一間長而低矮的閣樓裡，周圍是一片織布機的轉動聲和敲擊聲。微弱的光線透過格子窗戶照射進來，映照在織工們的身上。一些面帶病容、臉色蒼白的孩童正在操作機器，而幾位瘦弱的婦女圍坐在一張桌子前針織縫補。空氣又悶又熱，牆壁濕漉漉的不停滴著水。

少年國王走向一名織工，站在他的旁邊看著他工作。

織工生氣的望向他，問道：「你為什麼盯著我看？難道，你是主人派來的監工？」

「你們的主人是誰？」少年國王問道。

「我們的主人，」織工痛苦的說：「他和我一樣都是人，只是他穿漂亮衣服，我卻只能穿破舊衣服。我總是餓肚子，他卻能餐餐都吃得飽。」

「這是個自由的國家。」少年國王說：「你不是任何人的奴隸。」

「在戰爭年代，強者逼迫弱者做奴隸。」織工回答：「而在和平的年代，富人強迫窮人做苦力。我們必須拼命工作養活自己，可是，我們的工錢少得可憐。」

「所有人都像你一樣嗎？」少年國王問道。

「是的。」織工回答：「男女老少都是這樣。我們誰都過著這種生活。不過，這跟你有什麼關係？看你的臉就知道，你是個快活的人。」他不高興的轉過頭，繼續織著布。穿梭在梭子上的金線攫住了少年國王的目光。

他吃了一驚，問道：「你在織什麼？」

「少年國王加冕穿的長袍。」織工回答：「這跟你有什麼關係嗎？」

少年國王慘叫一聲，從睡夢中驚醒。他發現自己正躺在寢室裡，原來剛才只是一個夢，月亮正高高掛在天上。

後來，他又睡著了，做了另一個夢——

他覺得自己躺在一艘大船的甲板上，一百個奴隸正在吃力的划著槳。船長坐在他旁邊的毯子上，他黝黑得像烏木，頭上包著紅色頭巾，厚厚的耳垂上掛著一堆偌大的銀耳墜，手裡拿著象牙秤桿。

奴隸們身上只裹了一塊破舊的纏腰布，彼此間被一串串的絞鍊鎖在一起。天氣非常炎熱，皮鞭抽在他們身上，他們不得不用瘦削的肩膀吃力的划著沉重的槳。

終於，他們抵達了一個小海灣。船員拋下錨，收起帆，放下繩梯。然後，他們抓住一名年紀最小的奴隸，打開他的腳鐐，往他的鼻孔和耳朵裡塗滿蠟，在他的身上綁上大石頭。小奴隸疲憊的爬下繩梯，沉入海裡，在他入水的地方浮起了些許氣泡。

過了一會兒，他冒出水面，大口大口的喘著氣，左手緊緊的抓著繩梯，右手拿著一顆珍珠。船長從他手裡一把拿過珍珠，又把他推進海裡。

他又上來好幾次，每次都帶來一顆美麗的珍珠。船長用秤桿秤秤重之後，便把珍珠放進綠色的小袋子裡。

少年國王想說些什麼，卻發不出一點兒聲音。小奴隸最後一次浮出水面，這次他帶來的珍珠比所有的珍珠都要美麗，因為它渾圓得就像一輪滿月，亮白的彷如清晨星斗。可是此刻，奴隸的臉也十分蒼白，他突然倒在甲板上，接著便一動也不動了。旁邊的人隨即把他丟進大海無所謂的聳聳肩。

船長笑了笑，拿起那粒珍珠，看了看說：「剛好可以用它來裝飾少年國王的權杖。」

少年國王聽了，嚇了一跳，大叫一聲，從夢中驚醒過來。那時，天空濛濛亮，星星的光芒正逐漸退隱。

後來，他又沉沉睡去，做起第三個夢來——

他走在一個黑漆的樹林裡，樹上結著奇形怪狀的果實，開著絢麗無比的花朵。他走著走著，來到了一條乾涸的河床邊，一大群人在那裡工作。有些人正拿著斧頭劈石頭，有的在沙地裡淘東西。每個人都在辛苦忙碌，沒有一個偷懶的人。

從山谷底部的淤泥中鑽出來無數條巨龍和長著鱗甲的怪物，一大群胡狼也在沙地上橫衝直撞。

少年國王非常害怕，哭了起來：「這些人是誰？他們在找什麼？」

「他們在尋找國王王冠上鑲嵌的紅寶石。」一個站在他身後的人回答。

少年國王吃了一驚，轉過身，看見一個手裡拿著鏡子的人，便問他：「哪個國王？」

那人回答：「你看這面鏡子吧！他就在鏡子裡。」

少年國王接過鏡子，卻在鏡子中看到自己，他大叫一聲，從噩夢中驚醒。

那時，天已經亮了。窗外，陽光燦爛，鳥兒們正在樹上歡快的啼唱。

大臣們走進他的寢殿，紛紛向他行禮，侍從們為他取來加冕的長袍、王冠和權杖。

少年國王看著那些東西，它們的確很美，比他以前見過的任何東西都要美麗。可是，他想起了自己的夢，便對大臣們說：「**把這些東西拿走吧！我不要穿戴它們。**」

大臣們吃了一驚，以為他是在開玩笑。

可是，他又很嚴肅的對他們說：「把它們都拿走吧！藏起來別讓我看見。雖然今天是我加冕的日子，但我不會穿戴它們。」然後，他把那三個夢告訴了他們。

大臣們聽完故事，低聲交談了起來：「他一定是瘋了！夢畢竟是夢，根本不用在意這種東西。那些為我們辛苦工作的人和我們有什麼關係？」

其中一個大臣便對少年國王說：「國王陛下，請您拋開那些晦澀的想法，穿上這漂亮的袍子，戴上這頂皇冠吧！您要是不穿王袍，老百姓怎麼知道您是國王呢？」

少年國王望著他，說：「真的嗎？如果我沒穿王袍，他們就認不出我是一國之君嗎？」

「是的，國王陛下。」大臣們齊聲說。

「也許你們是對的。」少年國王說：「但是，我還是決定不穿這件長袍，也不戴這頂皇冠。進宮的時候我穿著什麼，現在我就穿什麼。」

然後，他吩咐大臣們退下，留下一個侍從為他沐浴。然後，他拿出從前牧羊時穿的舊外套，把它穿在身上，手裡拿著牧羊杖。之後，他又隨手折下露臺上的一節荊棘，把它彎成一個圓圈，當成皇冠放在自己頭上。

他來到大殿，大臣們正在那裡等候。

看見少年國王的這身打扮，有的訕笑的說：「國王陛下，百姓們正在等您的出現，可是您卻打扮成乞丐的模樣。」另一些大臣則憤怒的喊道：「他真是丟盡我們國家的臉，根本就不配做我們的國王！」少年國王沒有理會他們，他走下臺階，跨上馬，直接朝大教堂奔去。

百姓們見了，還嘲笑他是國王的僕人。

少年國王勒住馬，嚴正的說道：「不，我就是你們的國王。」

有個人從人群中走出來，對少年國王說：「國王陛下，我們就是靠您的奢華才能活命。雖然，我們工作得很辛苦，但是，這總比沒工作好啊！所以，您還是回到皇宮裡，穿上您的華麗衣裳吧！我們所受的痛苦和您有什麼關係呢？」

「窮人和富人難道不是兄弟嗎？」少年國王問道。

「是的。」那人答道：「可是那個富有的兄長卻殘害自己貧窮的弟弟。」

少年國王聽了，眼裡盈滿淚水，在議論聲中前進。來到大教堂的大門口時，士兵們攔住他，問道：「你來這裡幹什麼！這扇門只有國王陛下才能進入。」

少年國王聽了非常生氣，對他們說：「我就是你們的國王。」然後，他便走了進去。

老主教看見他的打扮，驚訝的說：「孩子，這是加冕的禮服嗎？我該拿什麼皇冠為你加冕呢？在本該歡欣榮耀的日子，你為何穿得這麼落魄？」

「可是，**難道我的快樂應該建立在別人的痛苦之上嗎？**」少年國王說。然後，他把自己的三個夢告訴了老主教。

老主教聽完，皺了皺眉，說：「孩子，我已經老了，我知道這個世界上有許多罪惡之事。兇殘的土匪從山上跑下來，把小孩綁架拿去賣。痲瘋病人離群索居，住在蘆葦搭建的房子裡，沒人敢靠近他們。乞丐們流落街頭，跟狗爭食物吃。可是，你一個人就能阻止這些事情發生嗎？你願意和痲瘋病人睡同一張床，和乞丐一起吃飯嗎？有些事情是上天的旨意，你會比祂聰明嗎？我看，你還是回到皇宮，過著無憂無慮的日子，穿著符合你身分的衣服，別再去想那些夢了。否則，你只會白白增添煩惱。」

「你怎麼能在教堂裡說這樣的話！」少年國王說。然後，他大步跨上祭壇的臺階，站在基督像的面前。他跪下雙膝，低著頭祈禱。

忽然，街上傳來一陣喧嚷聲，衣冠楚楚的貴族手執閃亮耀眼的長劍衝了進來。「那個愛做夢的人在哪裡？」他們叫嚷著：「那個像乞丐一樣的國王在哪裡？我們要殺了他，他根本就不配做我們的國王！」

可是，少年國王仍默默低頭祈禱，等祈禱完畢，他才轉過身子，用悲傷的眼神看著他們。

陽光穿透教堂的彩色玻璃，照耀在他的身上，為他編織了一件光彩炫目的金色皇袍；他那根枯槁的權杖上，開出了比珍珠更潔白的百合花；他頭頂的荊棘也綻放出比紅寶石更璀璨的玫瑰花。

少年國王站在那裡，他穿著一身黃袍站在那裡。教堂的風琴奏起音樂，喇叭手吹響喇叭，孩子也唱起詩歌。

老百姓紛紛跪下來，貴族們也收刀入鞘，老主教臉色慘白，顫抖的說：「比我更偉大的那位已經為你加冕了。」然後，他也恭敬的跪了下來。

少年國王從高高的祭壇上步下臺階，穿過人群返回皇宮。沒有人敢直視他，因為他的面容宛若天使。

故事七　西班牙公主的生日

今天是個陽光燦爛的日子，也是西班牙公主十二歲的生日。她是個真正的公主。不過，她和窮人的孩子一樣，每年只有一個生日，因此，全國上下的人都把這天看作一個非常重要的日子。這一天，天氣很不錯，是個大晴天。皇宮的花園百花齊放，空氣中充滿鬱金香、玫瑰花、石榴花、玉蘭花的陣陣香氣；紫色的小蝴蝶搧動著灑滿金粉的翅膀，在花叢中採蜜；小蜥蜴從牆壁縫隙中爬出來，在太陽底下懶洋洋的舒展身體。

小公主和她的玩伴們在陽臺上嬉戲，繞著石花瓶和布滿青苔的古雕像玩捉迷藏。平時，她只能和身份相當的小孩一起玩耍，所以，她常是孤零零的一個人。可是，在她生日這天，國王允許她邀請她喜歡的小朋友進宮來跟她一起玩。他們都穿著漂亮的衣服，舉止優雅。不過，小公主是他們當中最高

貴、最時尚的一位。她的裙子是用上等的錦緞製成，裙擺和寬大的袖口上繡著精緻的銀花，領子下面裝飾著昂貴的珍珠。她的鞋子上繡著粉紅色的玫瑰花，她手中的薄紗扇是粉色和珍珠色的，而她那金黃的頭髮上插著一朵美麗的白玫瑰。

國王透過窗戶，看著他們在花園裡玩耍，他顯得鬱鬱寡歡，甚至比平時更加悲傷，因為他想起了王后。在小公主六個月大的時候，年輕的王后便去世了，她還來不及看到花園裡的杏樹開第二次花，也沒能第二次採摘無花果樹的果實。現在，國王已經無心關注花園，院子裡雜草叢生。國王深愛著王后，所以不忍把她下葬。於是，他吩咐醫生用一種特殊的香料將她的身體保存起來。直到現在，她還沉睡在黑色大理石宮廷教堂內的棺架上，依舊保持著當年的模樣。

不過今天，他彷彿又看見活生生的王后，記起他們的第一次相遇，回想起他們盛大的婚禮。當時，他是那麼瘋狂的愛她，甚至為她忘記一切國家大事。王后死後，他差點瘋了。要不是因為擔心自己的女兒被他那個殘酷的弟弟迫害，他早就退隱到修道院了。許多人甚至懷疑當年王后是被國王的弟弟毒死的，據說王后去拜訪他的城堡時，他送了她一雙塗滿了毒藥的手套。為了懷念死去的王后，國王曾下令全國服喪三年。三年以後，有的大臣勸他再娶一位新王后，不過，國王不同意，並說他已經和「憂傷」成婚，以後不會再娶了。

今天，望著小公主在陽臺上玩耍，他再一次想起和王后在一起生活的種種甜蜜，也再次經歷王后驟然離世所帶來的巨大痛苦。公主的俏皮與傲慢，她的言行舉止，乃至她的長相，都和她的母親極其相似。小公主不時的抬起頭望著窗子，但國王卻放下簾子，走開了。

她很失望，噘起了小嘴，又聳了聳肩。今天是她的生日，父親本來應該陪陪她的。那些無聊的國事有什麼要緊的？也許，父親又去了那個陰森森的宮廷教堂了吧？不過，她是不被允許進到裡面去的，她知道那裡永遠都點著蠟燭。父親真傻，白白浪費這麼美好的陽光。這裡的每個人都那麼高興，他卻要一個人躲起來！他會錯過很多精采節目的。她那位叔父和大主教似乎更近人情，他們來陽臺向她表示祝賀。她驕傲的抬起了自己的頭，拉著叔父的手，慢慢走下臺階，來到花園中的一個紫綢帳篷裡。其他小孩都嚴謹的依序走在她的身後，誰的名字最長，就走在最前頭。

一隊裝扮成鬥牛士的貴族男孩列隊迎接她，年輕的伯爵只有十四歲，是個美少年，他穿著華麗的衣服，優雅的向她脫帽致敬，並引導她走到鑲金的象牙座椅子前。然後，所有的女孩圍成圈坐在小公主的身旁，揮著大扇子低聲的交談。所有人都在微笑，就連那位平日裡十分嚴肅的公爵夫人的臉上也掠過一絲淡淡的微笑，她那蒼白乾扁的嘴唇也微微向上牽動。

這確實是一場精采的鬥牛戲，在小公主看來，這比真正的鬥牛還要好看。一些男孩騎著披上華麗外衣的木馬在場子裡來回奔跑，並揮動著長槍，另一些男孩則徒步走著，在裝扮成牛的男孩面前揮動鮮紅的斗篷。如果「牛」奔跑過來，他們便敏捷的跳過柵欄；「牛」卻仍在場子裡繞個不停。鬥牛表演非常精采，讓女孩們十分興奮，她們竟然起來，揮動著繡花的絲巾，喊道：「太棒了！精采極了！」

後來，年輕的伯爵把「牛」放倒在地上，請小公主允許他進行「致命的一擊」，得到她的許可後，他便將木劍刺進「牛」的脖子裡，結果用力過猛，竟把「牛」頭給砍了下來，惹得大家一陣大笑。

下一個節目是由義大利一個傀儡戲班表演的悲劇。傀儡的動作非常逼真，演出十分自然。等這齣戲結束的時候，公主的眼裡已經噙滿淚水。有幾個女孩哭得十分厲害，旁邊的人不得不拿糖果去安慰她們。大主教也十分感動，他忍不住對旁邊的人說：「這些用木頭和彩蠟做成的傀儡，在提線的牽動下，居然這麼悲傷，還遭逢如此悲慘的境遇，實在讓人為它們感到難過。」

接下來進場的是一個非洲人變戲法的表演。他提來一個扁平的大籃子，籃子上蓋著一塊紅布。他把籃子放在場子中央，從頭巾上取下一根奇怪的蘆管吹奏起來。沒過多久，紅布動了起來，蘆管吹出的音樂越來越尖銳，忽然，兩條綠色的金環蛇從布下伸出三角形的腦袋，牠們慢慢直立起來，跟著音樂來回晃動，就像一棵浮在水中的植物一樣。

孩子們看到牠們火紅的舌頭，覺得非常害怕。不過，變戲法的人在

沙地裡種下一棵小小的橘子樹，然後橘子樹開出美麗的白色花朵，真的結出了幾個果子，孩子們立即開心了起來。最後，變戲法的人隨手拿起一把扇子，把它變成一隻藍色的小鳥在帳篷裡飛來飛去，孩子們真是又驚又喜。

隨後，由聖母院的舞蹈班表演動人的「聖母舞」。跳舞的男孩們身上妝飾著大片大片的鴕鳥羽毛，在陽光下踏著莊嚴的舞步，那身耀眼的白色服裝，在那略帶黝黑的皮膚和頭髮的襯托下，顯得更加炫目。所有的人都被他們徐緩優雅的動作給迷住了。

不過，所有節目中最有趣的是小矮人的舞蹈。小矮人搖搖晃晃的移動著那雙彎曲的腳，左右擺動著那個大大的腦袋，連滾帶爬的來到場子中央。孩子們歡呼起來，連小公主也忍不住笑出聲來。雖然，她這麼做很不符合自己的身份，但是小矮人太有魔力了，即使是以熱衷古怪事物著稱的西班牙皇宮，也是第一次看到這種怪模怪樣的傢伙。

其實，這是小矮人首次登臺演出。前一天，兩個貴族在樹林裡打獵的時候遇到他，便把他帶進宮，打算給小公主一個驚喜。小矮人的父親是個貧窮的燒炭工人，看見有人肯收養這個醜陋無比且毫無用處的孩子，他倒是十分高興。不過，小矮人一點也不曉得自己長得難看。他很快樂，而且精力充沛。孩子們笑，他也跟著笑。每次一跳完舞，他就對每個人鞠躬，並對他們微笑，好像自己是他們的一份子，並不是上天創造供別人戲弄的怪物。見到美麗的公主，他立即被她迷住了。在他表演完畢後，她取下頭上那朵白玫瑰，把花丟給場子裡的他。他認真的拿起花，按在自己粗糙的嘴巴上，另一隻手按在胸口，跪在地上，眼睛裡充滿喜悅的光芒。

小公主似乎也忘記自己的身份，在小矮人離場後，她還不停的笑著，並對自己的叔父說，她希望小矮人能再表演一次。不過，她的侍從提醒她，應當回宮殿裡去了，因為宮中已備妥一場盛大的宴會正等著她。

於是，小公主莊重優雅的站了起來，吩咐小矮人在午睡之後再為她表演一次，並向殷勤招待的伯爵表示感謝，便回宮去了。

小矮人聽說自己要在公主面前再次表演，而且是公主親口要求，高興極了，得意忘形的跑進花園，不停的親吻著白玫瑰，動作既笨拙又難看。

花兒們看到他魯莽的闖進來，十分不開心。可是，小矮人依舊在花叢中跳來跳去，興奮的揮動著雙手。

「他長得這麼難看，根本就不應該來這裡玩。」鬱金香嚷嚷了起來。

「他真是個可怕的傢伙！」仙人掌說：「他又矮又胖，頭大得出奇，腳又小的不得了。他要是敢靠近我，我就用我的尖刺去刺他。」

「不過，他卻拿到了我最美麗的一朵花！」白玫瑰樹大聲的說：「今天早上，我特地把它送給公主作為生日禮物，他竟然從公主那裡把它偷走了。」於是，玫瑰樹拼命的大喊：「小偷！小偷！小偷！」

不過，鳥兒們卻很喜歡他。牠們常常看見小矮人在樹林裡玩耍，有時像精靈一樣追趕著空中飛舞的樹葉，有時蹲在老橡樹的洞口把堅果分給松鼠吃，牠們都不介意小矮人醜陋的長相。

小矮人對鳥兒們都很仁慈，即使是在嚴寒的冬天，當樹上沒有任何果子，土地被凍得硬邦邦的，小矮人也沒有忘記鳥兒，他總是把自己的那一塊小小的黑麵包捏成碎屑分給牠們吃。所以，牠們繞著小矮人飛來飛去，吱吱喳喳的叫個不停。小矮人非常開心，他忍不住把那朵美麗的白玫瑰給牠們看，並告訴牠們這是公主送給他的，因為公主愛他。

其實，鳥兒們根本聽不懂他說的話，可是這並沒有關係，因為牠們歪著頭，彷彿能聽懂他說話的樣子。

然而，鳥兒的舉動卻讓花兒們非常擔心。「這樣不停的蹦蹦跳跳，真是太沒有禮貌了！」花兒們說：「有教養的人，就像我們這樣，應該規規矩矩的待在同一個地方，這是身為一朵花應有的尊嚴。」說完，花兒紛紛抬起頭，擺出驕傲的姿態。過了一會兒，她們看見小矮人從草地上爬了起來，穿過陽臺走向宮殿，都非常高興。「真該把他一輩子都關起來。」花兒們說：「看他的駝背和彎腿。」說著，她們還嗤嗤的訕笑起來。

可是，小矮人一點兒也不知道花兒們的想法，他認為除了小公主以外，花兒是世界上最美麗的東西。他真希望能和小公主一起到樹林裡去！他會成為她很好的夥伴，教她各種有趣的東西。他能用燈芯草做成小籠子，把會唱歌的蚱蜢放在裡面；他還能把細長的竹子做成笛子，吹出醉人的音樂；也能辨別各種鳥兒的叫聲，認出不同野獸的足跡，知道牠們在哪裡築窩。要是公主來林子裡同他一起玩耍，他會把自己的小床讓給她，自己守在窗外直到天亮，不讓任何野獸靠近。天亮後，他會輕輕的敲著門板，喚醒她，然後一起出去玩上一整天，因為林子裡充滿樂趣，任何時候都不會讓人覺得寂寞。他會用紅果子為她做一串項鍊，用螢火蟲做成星星點綴在她的金髮上。

可是，公主在哪裡呢？他問白玫瑰，白玫瑰並沒有給他答案。整座皇宮都靜悄悄的。他轉來轉去，好不容易才找到一扇微微開著的小門，便溜了進去。這是一個富麗堂皇的大廳，可是小公主並不在那裡，只有幾個白色大理石雕像佇立在綠色底座上，用憂鬱的眼神望著他，嘴角漾著奇怪的微笑。

他走過一個又一個房間，最後來到一間明亮耀眼的房間。所有的家具都是純銀打造，上面點綴著美麗的鮮花。地板是以綠色瑪瑙鋪設，一眼望過去，彷彿看不到邊際。而且，房間裡不止他一個人。屋子的另一頭，在門的陰影下站著一個小小的人影。他心中一顫，快樂的驚叫一聲，跑了過去。這個時候，那個小人兒也朝他跑了過來。他終於看清楚這東西的模樣了。

公主？不，他是一個怪物，是他見過最難看的東西。他和平常人長得不一樣，駝背、彎腳，還有大得出奇的腦袋和一叢鬃毛似的的黑髮。小矮人皺起眉頭，那個怪物也皺起眉頭。他笑了笑，怪物也笑了笑。他把手插在腰上，怪物也把手放在腰上。小矮人朝他走過去，怪物也離他越來越近。最後，他伸出他的手，怪物也伸出手，他們的手觸碰到一起。他想再往前推，卻碰到光滑堅硬的東西。這時，怪物的臉緊緊的挨著他的臉，他的臉上滿是驚恐。然後，他慢慢往後退，怪物也跟著退開。

他是誰？他想了一會兒，轉身看了看屋子裡的其它東西。真是奇怪，這裡有幅畫，牆上也有一幅畫。這裡有一張椅子，牆上也有一張椅子。什麼東西都有一模一樣的影子。

他吃了一驚，從懷裡拿出那朵美麗的白玫瑰，親吻它。可是，那個怪物也有一朵玫瑰，一模一樣的玫瑰花！他也在親吻它，把它放在自己的胸口。

然後，他明白了真相，絕望的叫出聲來，倒在地上失聲痛哭。原來，那個醜陋無比、駝背彎腳的傢伙居然就是他自己。**他就是那個怪物！**表演的時候，所有的孩子都是在嘲笑他。**他原以為小公主愛他，其實，她也是在嘲笑**

他的醜陋。樹林裡沒有鏡子，沒有人告訴他，他是多麼醜陋。為什麼父親把他賣掉，讓他在這麼多人的面前出醜？淚水從他的臉上流淌下來，他把白玫瑰撕得粉碎。鏡子裡那個趴在地上的怪物也做出同樣的動作，把花瓣拋向空中。他們對望著，帶著痛苦扭曲的眼神。他不願再看到他，用兩隻手蒙住眼睛爬開，像一隻受傷的動物，躺在陰影裡不停的呻吟。

就在這時候，小公主和她的玩伴們走了進來，他們看見小矮人躺在地上，捏緊拳頭捶打著地板，樣子古怪誇張，便大笑起來，圍在他的周圍看著他。

「你的舞蹈很有趣。」公主說：「現在，你給我們跳舞吧！」

可是，小矮人沒有抬起頭。他停止了抽泣，突然發出一聲怪異的叫聲，接著就倒臥在地板上，一動也不動。

公主生氣的跺著腳，對她的叔父說：「您把他叫起來，給我們跳舞吧！」

於是，公主的叔父來到小矮人的身邊，用他的繡花手套拍拍小矮人的臉，說：「快起來跳舞吧！小怪物，你得逗公主開心啊！」

可是，小矮人一動也不動了。

「真該找人狠狠的抽他幾鞭子。」說完，公主的叔父便生氣的離開了。可是，一位大臣卻一臉嚴肅，他蹲跪在小矮人的身旁，用手按在小矮人的胸口。過了一會兒，他站起來，向公主深深的一鞠躬，說：「美麗的公主，這個有趣的小矮人再也不會跳舞了。」

「他為什麼不再跳了？」公主笑著問道。

「因為他的心碎了。」大臣回答。

公主皺皺眉頭，生氣的抿起嘴，「那麼，以後凡是陪我玩的人都必須沒有心才行。」說完，便跑到花園裡去了。

故事八　漁夫和他的靈魂

每天晚上，年輕漁夫都要出海捕魚。碰上風從陸地上吹來的日子，他便捕不到魚，因為那是一種長著黑翅膀的大風，能捲起一波波的大浪。可是碰上風從海上吹來的日子，他便有好收成，因為這時魚兒會從水裡浮出來，鑽進他的漁網裡。

有一天晚上，在他收網的時候，發現漁網重得不得了，差一點讓他翻船。「看來我一定是捕到了很多魚。」他笑著對自己說：「要不然就是一件稀奇的寶物，可以獻給女王陛下。」然後，他使勁的拉著繩纜，最後整張網終於被拉上來了。

奇怪的是，漁網裡連一條魚也沒有，也沒有寶物，只有一個熟睡的美人魚躺在裡面。

她的頭髮就像金色羊毛，她的身體像雪白的象牙；她的尾巴如泛著光芒的銀子，上面繞著碧綠的海草；她的耳朵像貝殼，唇色像紅珊瑚。冰冷的海水拍在她的身上，海鹽在她的眼皮上閃閃發光。

她是如此的美麗，年輕漁夫輕柔的將她抱進懷裡。小美人魚驚醒，尖叫出聲，紫水晶般的眼睛充滿恐懼。可是漁夫把她抱得緊緊的，不肯放她走。

眼見自己無法逃脫，小美人魚哭了起來，她對漁夫說：「請你放我走吧！我是海王唯一的女兒，我的父親年事已高，只有我這麼一個親人。」

可是，年輕漁夫說：「我可以放你走，但是你得答應我一個條件，只要我呼喚你，你就必須前來為我唱歌。因為，魚兒聽了你的歌，就會主動游進我的漁網裡，那樣我就有好收成了。」

「只要我答應你，你真的會放我走嗎？」小美人魚問他。

「嗯，真的。」年輕漁夫回答。

於是小美人魚立刻發誓，漁夫也鬆開手讓她回歸大海。

每天晚上，年輕漁夫出海打魚的時候，都會把小美人魚叫來。她聽到召喚，便浮出水面，唱起動人的歌。海豚們成群的在她身邊嬉戲，海鷗們也在她頭頂翱翔。

她唱了一首人魚們的故事：他們把牲畜從一個洞又趕到另一個洞，肩上扛著小牛犢；她還唱到半人半魚的海神，他們的鬍鬚是綠色的，在海王生日的時候，他們也會前來助興，吹奏螺旋形的海螺；她還唱到海王的宮殿，琥珀的宮牆，綠寶石的屋頂，還有珍珠鋪成的地板；也唱到海底的花園，那裡有很多美麗的珊瑚，魚兒在裡面徘徊，就像小鳥在空中飛翔；又唱到從北邊游過來的大鯨魚，背鰭上還掛著尖尖的冰柱；她還唱到海中的女妖，講著一個又一個動聽的故事，行船過往的商客不得不用蠟塞住自己的耳朵，深怕被她們的故事吸引，一不小心掉進海裡淹死；還唱到海底的沉船，凍僵的水手們緊緊抱著纜繩，青花魚在船艙之間穿梭；唱到會彈豎琴的雄人魚，他們能把大海怪催眠；又唱到那些長著彎曲長牙的海獅，以及飄動著鬃毛的海馬。

每當她唱起歌，金槍魚就會從深海中浮出來，年輕漁夫只要撒網便能抓住牠們。看到他的船裝滿魚，小美人魚便會微笑著游走。

可是，她始終不肯靠近年輕漁夫。只要他想捉住她，她便像敏捷的海豹一樣跳進水裡，而且那一天都不會再出現。她的歌聲一天比一天好聽，漸漸的，竟然讓漁夫忘了捕魚。有時，他聽得入了迷，便呆呆的坐在船上，直到海上升起薄霧，月亮在他身上

灑滿銀白月光。

一天晚上，他又把小美人魚叫喚出來，對她說：「小美人魚，小美人魚，我愛你。請你做我的新娘吧！」

可是小美人魚搖搖頭，說：「你有著人類的靈魂，要是你肯放棄自己的靈魂，我才能愛你。」

年輕漁夫心想：「我要靈魂有什麼用呢？它既看不見，又摸不著。為了幸福，那我還是不要它了。」於是，他站在船上，向小美人魚伸出雙手，大聲說：「我會送走我的靈魂。這樣，你就可以嫁給我，我就能做你的新郎。我們一起住在海底吧！你歌唱過的每個地方，我都想去看看。你的心願，我也都會為你實現。我們一輩子都不分開。」

小美人魚害羞的笑了，用雙手捂住自己的臉。

「可是，我該怎麼送走自己的靈魂呢？」漁夫說。

「哎呀！這我不知道。」小美人魚說：「因為，我們人魚是沒有靈魂的。」說完，她若有所思的看著他，然後沉入了海底。

第二天，太陽才剛從地平面升起，年輕漁夫就來到神父家。他跪在燈芯草墊子上，對神父說：「神父啊！我愛上了一個小美人魚。可是，我只有送走自己的靈魂，才能和她在一起。請您告訴我，怎樣才能送走靈魂呢？靈魂既看不見又摸不著，它對我來說根本沒有任何價值。」

神父吃了一驚：「天啊！你肯定瘋了，要不然就是中毒了。**靈魂是人最高貴的一部分，它是上帝賜予我們的。**這個世界上，沒有比靈魂更珍貴的東西了，就連國王的紅寶石都比不上它。我的孩子，請你不要再胡思亂想了，因為這實在是無法被饒恕的罪過啊！你可不能和人魚打交道，免得一起沉淪。」

聽完神父的話，漁夫淚水盈眶，對神父說：「神父啊！雄人魚能快樂的彈奏豎琴，他們過得多麼快樂。求求您，讓我像人魚一樣生活吧！至於我的靈魂，我留它有什麼用呢？」

「肉體的愛是邪惡的。」神父皺著眉說：「就像海裡的女妖，總是用自己的聲音誘惑別人，她們是不會進天堂的。」

「神父啊！」年輕漁夫說：「我不知道您在說什麼。我深愛海王的女兒，為了她，我寧可捨棄自己的靈魂，放棄去天堂。請您告訴我，我怎樣才可以送走自己的靈魂呢？」

「走吧！走吧！」神父大聲的說：「你的情人是沒有靈魂的，你要是跟她在一起，也會一起墮落的。」說完，神父便把他趕出門。

年輕漁夫從神父那裡出來後，踽踽獨行來到市場。看到他愁容滿面的模樣，一名商人走了過來，問道：「你想賣東西嗎？」

漁夫回答：「我把我的靈魂賣給你吧！我真的不需要它，我甚至討厭它，它對我一點用也沒有。」

商人便對他開玩笑說：「我要你的靈魂有什麼用？它連一文錢都不值。要不然你把身體賣給我們，做我們的奴隸。我們會給你穿上藍紫色的衣服，給你帶上戒指，讓你去做女王的待從。」

年輕漁夫聽了很吃驚，自言自語道：「太奇怪了！神父告訴我說：靈魂是最珍貴的東西，可是商人們卻說它一文不值。」然後，他離開市場，漫步來到海邊，靜靜的沈思。

中午的時候，他突然記起來曾經有個朋友告訴自己，海灣口的洞穴裡住著一位年輕的女巫，巫術十分高明，也許她能幫助他實現願望。於是，漁夫趕緊跑到女巫的住處。沒想到，年輕的女巫早已在洞口等他。她留著一頭長長的紅髮，手裡拿著一枝開花的野毒芹。

女巫笑著對他說：「我有一支小蘆管，只要吹起它，就能讓魚兒自己鑽進你的網裡；我還能製造風暴將船隻打翻，再把珠寶箱沖上岸；我還能幫你找到一朵花，只要擁有它，便能讓你的夢中情人一眼愛上你。不過，這些都是有代價的。告訴我你要什麼？我能給你任何你想要的。」

「我只有一個小小的請求。」年輕漁夫說：「人們說你很邪惡，可是，不管你要什麼，我都會給你，只要你能幫我實現願望。」

「那麼，你要我幫你實現什麼願望呢？」年輕女巫向他問道。

「我想送走我的靈魂。」年輕漁夫回答道。

女巫的臉一下子變得慘白，渾身發抖，低聲說：「這是多麼可怕的念頭啊！」

「我要是告訴你該怎麼做，你能給我什麼好處呢？」女巫用她那美麗的眼睛望著漁夫問道。

「五個金幣。」他說：「外加我的漁網，我那間柳條搭建的房子，還有

那艘彩色的漁船。只要你肯告訴我怎麼擺脫我的靈魂，我就把我所擁有的都給你。」

女巫訕笑著說：「我能把秋天的樹葉變成黃金，把銀白的月光製成銀子，甚至讓人變得比國王還富有，擁有無邊無盡的疆土。」

漁夫急躁的叫了起來：「天啊！你既不要金子，又不要銀子，那麼我還能給你什麼？」

女巫微笑著說：「你必須跟我一起跳舞。」

「就這麼簡單？」年輕漁夫驚訝的問道。

「是的。」女巫把漁夫拉到自己身邊，在他的耳邊低聲說：「等到月圓的時候，我們找個祕密的地方共舞。今天晚上，你就在鵝耳櫪樹下等我。要是有黑狗衝著你跑過來，你就用柳條抽打牠，牠就會跑開的。要是有貓頭鷹跟你說話，你千萬別答話。靜靜地等候月圓時，我就會過來，跟你在草地上跳舞。記住，你一定要來，今天是安息日，『他』會來的。」

「他是誰？」年輕漁夫問。

「別問那麼多，你來就行了。」女巫對他說。

「那麼，你發誓，一定會告訴我怎麼把我的靈魂送走嗎？」漁夫又問。

女巫點點頭說：「我以山羊蹄發誓，我一定會遵守諾言。」

「你真是最好的女巫了。」年輕漁夫高興的大叫，「今晚我一定過來。這對我來說不過是小事一樁。」說完，他便開心的跑回城裡去了。

女巫看著他漸漸離去，直到消失不見才回到自己的洞穴裡。「他本來應該是我的。」她自言自語道，「我和她一樣漂亮。」

那天晚上，月亮升起後，年輕漁夫就來到山上的鵝耳櫪樹下。月光下的海灣就像一面閃閃發光的盾牌，靜靜的躺在他的腳下。遠遠看去，一些漁船在海灣中慢慢移動。不一會兒，一隻瞪著黃色大眼睛的貓頭鷹咕咕的叫喚著他的名字。可是，他完全不理會。沒過多久，一隻黑狗跑過來，對他叫個不停。他用柳枝抽打牠幾下，狗便「嗚嗚」叫著逃走了。

到了午夜，一群女巫像蝙蝠一樣從空中飛了過來。當她們落到地面的時候，馬上驚叫起來：「啊！有陌生人！」後來，那個年輕女巫也來了。她穿了一件繡著孔雀眼的金絲縷衣，帶著一頂綠色的天鵝絨帽。

其她女巫看到她的時候，尖聲問道：「他在哪裡？他在哪裡？」年輕的女巫淺淺一笑，走到鵝耳櫪樹下，拉起漁夫的手，把他帶到月光下，一起跳起舞來。

他們轉了一圈又一圈，跳得越

來越快。她好像旋轉了起來，他覺得頭暈暈的。突然間，他感到一股巨大的恐懼感，好像有什麼東西正惡狠狠的盯著他。好像岩石的陰影下正站著一個人，可是，那裡原本沒有人。

後來，他看清楚了，那是個男人，一個年輕的男人。漁夫呆呆的盯著他，好像中了魔法似的。

「來！我們去朝拜他！」年輕女巫忽然拉起他的手，向那個人走去。當他們走到男子面前時，不知道為什麼，年輕漁夫在胸口劃了一個十字，並呼喚天主聖名。

他這麼一做，所有的女巫發出了像老鷹一樣的尖叫聲，臉色蒼白，爭先恐後的飛走了。那個男人走進一片樹林，吹起口哨，召來一匹小馬。他跳上馬鞍奔馳而去之前，還轉身望了一眼年輕漁夫。

紅髮的女巫也想飛走，可是漁夫拉住了她。

「放我走吧！」她叫道，「你說了不該說的名字，做了不該做的動作。」

年輕漁夫皺了皺眉頭，說：「你必須遵守你的諾言，否則我就會要了你的命，因為你是一個假女巫。」

女巫的臉慘灰，渾身顫抖，喃喃的說：「好吧！反正是你的靈魂，又不是我的。你想怎麼處置就怎麼處置吧！」然後，她給了漁夫一把綠色蛇皮刀柄的小刀。

「這把刀有什麼用？」他問道。

女巫露出奇怪的微笑說：「其實，人的影子，並不是身體的影子，而是靈魂的身體。只要你背對著月亮站在海灘上，用這把刀從你的雙腳四周將影子切下來，你的靈魂便會離開。」

聽到這番話，漁夫的靈魂從身體內呼喚他，說：「喂！我跟了你這麼多年，你為什麼要把我趕走？我做錯了什麼？」

年輕漁夫笑著說：「你並沒做錯什麼，不過我現在不需要你了。世界很大，你想去哪裡就去哪裡，但請你別來煩我，因為我的愛人正在召喚我呢！」

他的靈魂苦苦的哀求他，可是他一點也不理會。

「那麼，如果你真要把我趕走，就把你的心給我吧！」靈魂接著說：「否則我無法活下去，因為這個世界太殘酷了。」

漁夫搖搖頭，說：

「要是我把我的心給你，我怎麼去愛我的愛人呢？我的心只屬於我愛的人，你走吧！我再也不需要你了。」說完，他便用小刀把影子切了下來。影子站在他的面前，和他長得一模一樣。

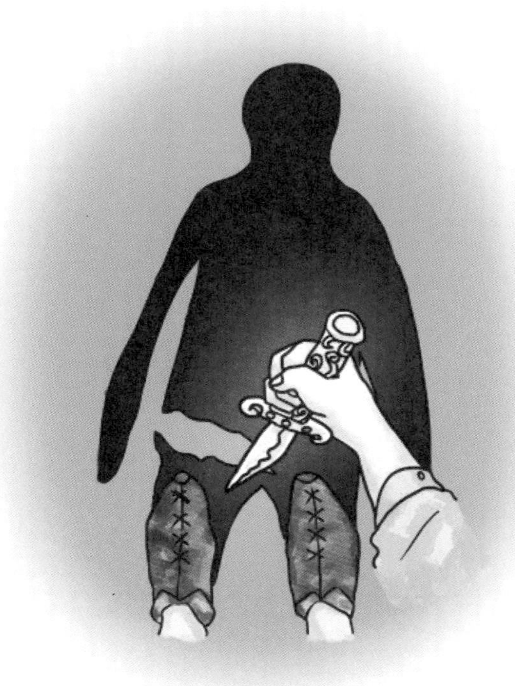

「再見！」漁夫說。

「我每一年都會來看你一次的。」靈魂說：「也許，你會需要我。」

「你來也沒什麼用，不過，隨你的便吧！」漁夫說著，便鑽進海裡，和他最愛的小美人魚生活在一起。

接下來的每一年，靈魂都會來到海邊，召喚年輕漁夫，給他講自己在外面世界遇到的種種事情。

第一年，靈魂離開漁夫後一直向南走，憑著自己的才智得到「智慧鏡」。如果漁夫允許它再進入他的身體，他就會變成世界上最聰明的人。不過，漁夫認為，愛情比智慧更好，因此拒絕靈魂的要求，又沉入了海底。

第二年，靈魂離開漁夫後一直往東走，又巧妙的擁有了數不清的財富。但是，漁夫還是不允許靈魂回到自己的身上，因為他覺得愛情比財富更好。

第三年，靈魂又來找他，它告訴漁夫說：「在某個城市的客棧裡，有一個帶著面紗的少女能跳出極其美麗的舞蹈。她總是光著雙腳，在毯子上跳來跳去，就像一對小白鴿。」

年輕漁夫聽了它的話，想到小美人魚沒有腳，根本不能跳舞。他就被吸引了，立即便同意讓靈魂回到自己的身體。他們匆匆離開大海，在當天晚上就來到一個城市。

天已經黑了，漁夫在市場上休息時遇上一個好心的商人。商人把他帶回自己家，拿來玫瑰香水讓他洗手，又送來可口的甜瓜給他解渴，之後又給他端來一碗米飯和一塊烤羊肉。

吃完以後，商人請他去客房休息。年輕漁夫謝過主人，便回房休息了。天還沒亮的時候，靈魂叫醒漁夫：「起來，快去商人的房間，殺死他，拿走他的金子，因為我們需要那些金子。」

年輕漁夫從床上起來，拿起刀走進商人的臥室。他的刀剛碰到商人的脖子，商人突然驚醒，大聲喊道：「我好心款待你，你卻要恩將仇報嗎？」

「砍他！」漁夫聽到靈魂對他這麼說，便一刀砍了下去，拿起金子逃出屋。

跑出去沒多遠，漁夫便捶打著自己的胸膛，對靈魂咆哮：「你為什麼讓我這麼做？」

靈魂回答：「你把我送進這個世界的時候，並沒有給我一顆心，難道你忘了嗎？**因為沒有心，我就學會做壞事。**」

「你說什麼？」年輕漁夫氣得渾身發抖：「你用種種誘惑來引誘我，讓我忘記我的愛人，還讓我走上罪惡的道路。我不需要你，現在我就要把你送走！」可是，當他拿出小刀試著把靈魂切下來的時候，什麼都沒發生。

「女巫的魔法不再靈驗了！」靈魂笑道，「一個人一生只能把他的靈魂送走一次，要是他收回了自己的靈魂，就再也不能擺脫他了。」

年輕漁夫聽了，傷心的痛哭失聲：「可惡的女巫！竟然沒有把這件事情告訴我！」他知道已經無計可施，這個邪惡的靈魂將會糾纏他一輩子。

隔日天亮時，漁夫對他的靈魂說：「我要綁住自己的雙手，免得受你擺布去做壞事。我要回到小美人魚過去為我唱歌的海灣，呼喚她上來，向她坦白我做錯的事以及你的種種惡行。」說完，他站起身，頭也不回的走了。

一路上靈魂不斷的誘惑他，在他耳朵邊講著可怕的事情：「世上比她漂亮的美人很多，跟我走，我帶你去見她們。你何必為這種事感到罪惡呢？難道美味的食物不是給人吃的嗎？難道甘甜飲料裡摻了毒藥嗎？不要自尋煩惱了，跟我到另一個城市去吧！」不過，這些再也引誘不了漁夫。因為，愛情的力量太強大！

年輕漁夫再次來到海邊，大聲呼喚心愛的小美人魚，懇求她的原諒。可是，她一直沒有出現。無論是在黑夜的暗紫色波濤中，或是在晨曦的金色浪花裡，都不見她的蹤影。

漁夫在岩石的裂口處，以柳條為自己編造了一間屋子。在海邊找遍所有人魚曾出現過的地方，一聲聲的呼喚，等了一年又一年。

有一天，從海洋中傳來一聲悽愴的哀號，就像人魚死去時發出的悲鳴。

年輕漁夫驚愕的跳起來，衝向海邊。黝黑的浪濤不斷翻攪，浪花上托著一個雪白的東西，像一朵白花載浮載沉、忽隱忽現。最後，波浪將它送上岸，擱在沙灘上。

漁夫走近一看，發現小美人魚的身體，靜靜的躺在那裡，一動也不動。她死了！漁夫傷心欲絕，撲倒在小美人魚身邊，對她懺悔不已。他將她冰冷的身體擁入懷中，將滿腔的苦澀傾訴在她耳中。她的嘴唇是冰冷的，但他依舊吻著它。她的頭髮是鹹膩的，可是他仍然品嚐著它。他吻著她緊閉的雙眼，流下的淚水，比她眼角垂掛的浪花還要鹹澀悽苦。

這時，海王的宮裡又響起痛徹心扉的哀號，遙遠的海面傳來海神們悲戚的號角聲。黑沉沉的浪頭又打了過來，翻騰的浪花越來越近，一隻隻從海底伸出的魔爪，向漁夫伸了過來。

「快逃吧！」靈魂說：「再不逃，你會被淹死的。快逃到一個安全的地方去吧！你該不會不送給我一顆心，就把我送到另一個世界上去吧？」

靈魂苦苦懇求他離開，但是他不肯，他不斷的對小美人魚說著：「我不該離開你的！現在，我將跟隨你一起離去。」

他的一顆心碎了，靈魂找到入口鑽了進去，終於和漁夫合而為一。

突然，巨浪的魔掌襲來，吞噬了年輕漁夫的生命。

故事九　星孩

很久很久以前的一個夜晚，兩個貧窮的樵夫在回家的路上經過一片松樹林。當時正值冬天，天氣非常冷，地上和樹枝上都積滿著厚厚的雪。天氣實在寒冷，連鳥獸都不知道該怎麼辦才好。

灰狼夾著尾巴，蹣跚的走著，嘀咕道：「真是個怪天氣！」

住在高聳杉樹上的小松鼠們緊緊的貼在一起互相取暖，野兔們也蜷縮在洞裡，不敢出門。

兩個樵夫努力的往前趕路，不停的對著雙手呵氣取暖，並一個勁兒的跺腳。有一次，他們一不小心陷進雪坑，等他們爬出來的時候，渾身都沾滿了雪，白得就像磨坊裡的磨坊師傅從麵粉堆裡走出來一樣。

還有一次，他們走在光滑的冰面上，不小心滑了一跤，柴火散了一地。

後來他們還差點迷路，為此害怕得不得了，因為要是凍僵睡了過去，會是一件很可怕的事情。他們只好按原路返回，小心翼翼的走著，最後走出樹林，看到山下村子裡的閃閃燈光。他們高興的大叫，眼中閃爍著淚花。

可是，興奮退去後，愁苦又湧上了心頭。想到自己的貧窮生活，一個樵夫便對他的夥伴說：「我們為什麼要這麼高興呢？生活對我們這些窮人來說多麼艱難！倒不如凍死在樹林裡，或者讓野獸吃了我們算了。」

「是啊！」他的夥伴說：「有人天生富有，有人卻終身貧窮。只有愁苦是公平的啊！」

正當他們為自己歎息的時候，一件奇怪的事發生了。天上突然掉下來一顆很美、很亮的星星。它從天際劃過，好像落在不遠處的一棵柳樹後面。

「啊！誰要是找到它，準能得到一罈金子！」他們大叫著急奔過去。

等他們追過去，走近一看，發現雪地上確實有一個金色的東西，是一件金線斗篷，他們打開一看，發現裡面竟是一個熟睡的男孩。

其中一個樵夫說：「天啊！一個小孩對我們兩個大男人又有什麼好處呢？我們的運氣太差了！要不，我們還是把他丟在這裡吧！我們養不起他的。」

可是，另一個樵夫說：「不行，把他丟在這裡，他一定會凍死的。雖然我們都是窮人，要養活好幾口人，家裡也沒什麼吃的，但是，我還是要把他帶回家，我相信，我的妻子會照顧他的。」

他輕手輕腳的抱起孩子，用斗篷裹住他，免得他在這寒冬裡著涼。然後，他們便一起下山了。

回到村裡後，他的夥伴對他說：「既然小孩歸你，那麼你把斗篷給我吧！

我們應該平分的。」

他便回答說：「不行，斗篷既不是你的，也不是我的，它屬於這個孩子。」說完，他告別了夥伴，抱著孩子回到自己的家。

他的妻子看到這個孩子，非常生氣抱怨的說：「難道，你嫌家裡的小孩還不夠多嗎？居然又帶回了一個！誰知道這個孩子會不會給我們帶來厄運？還有，我們拿什麼養活他呢？」

「可是，這是一個星孩啊！」她的丈夫把事情的經過都告訴妻子。

不過，她還是非常生氣，繼續嚷嚷道：「我們自己的小孩都要餓肚子了，還要養別人的孩子！你說，誰來照顧我們呢？」

樵夫堅持要把孩子留下來，站在門外一動也不動，冰冷的風吹進門內，讓樵夫的妻子打個哆嗦，顫抖著問他：「還不趕快進來，把門關上啊！風這麼冷，我都快凍死了。」

「屋內有人鐵石心腸，那些吹進來的風，不也都是冰冷的嗎？」他嚴厲的說。

過一會兒，他的妻子實在看不下去，心疼得滿眼淚水，趕緊讓丈夫進屋來。她把孩子抱在自己的懷裡，把他放到小床上，和自己的孩子睡在一起。第二天，他們把那件金色斗篷和孩子脖子上的琥珀項鍊放進櫃子，收了起來。

就這樣，星孩和樵夫的孩子一起長大了，他們在同一張桌子上吃飯，並一起玩耍。他一年比一年長得好看，連村子裡的人都覺得

驚訝。為什麼別人都皮膚黝黑，他卻白晰如象牙一般，還有一頭金髮。

不過，他的俊俏模樣卻為他帶來惡果：他驕傲、自私又殘酷，既看不起樵夫的子女，也瞧不起村裡面的其他孩子。他認為他們都是出身卑微的人，而他自己是個高貴的人，因為他是從一顆星星中誕生的。對那些窮人、殘疾人或是生病的人，他根本沒有同情心，甚至還拿石頭丟他們，把他們趕得遠遠的。他也看不起弱小的和醜陋的人，總是拿他們開玩笑。在沒有風的時候，他會來到牧師的果園裡，在水井邊照著自己那張漂亮的臉，得意的笑出聲。

他的養父母常常責備他說：「你也曾是孤兒，我們從來沒有像你對待那些無助的人那樣對待過你，可是你為什麼要這麼殘酷的對待他們呢？」

老牧師也總是勸導他，說：「**萬物都是上帝創造的**，你為什麼要給上帝創造的這個世界帶來痛苦呢？」

可是，星孩並不理會他們，總是擺出一副高高在上的樣子，和他在一起的孩子也變得心高氣傲、鐵石心腸。

有一天，一個窮苦的女人來他們村裡討飯。她穿著一身破舊不堪的衣服，光著的腳被路上的石子磨破出血。疲累不堪的在一棵栗子樹下休息。

星孩看到她，卻對自己的朋友們說：「看！有一個骯髒的討飯婆坐在那棵美麗的樹下。快！我們把她趕走，她實在是太醜了！」

於是，他們走近她，衝著她丟石子。那個女人非常害怕，用驚恐的眼神望著他。這時，樵夫剛好在附近砍柴，看到星孩的舉動，立刻跑過去制止，並責備道：「**你太殘忍了，難道就沒有一點憐憫之心嗎**？看看你對這個可憐的女人做了什麼！」

星孩聽了，氣得漲紅臉，跺著腳說：「你是誰，憑什麼管我？我又不是你的兒子，我才不聽你的話。」

「是啊！我的確不是你的父親。」樵夫回答說：「可是，我當初就是因為憐憫你，才把你從樹林裡帶回家的。」

女人一聽，大喊一聲後就暈了過去。樵夫立刻把她家裡，請妻子照料她。她醒來後，又拿食物和水招待她。

不過，她不肯吃，也不肯喝，卻向樵夫問道：「剛才，你是不是說這個孩子是你在樹林裡發現的？是不是恰巧就是十年前的今天？」

樵夫回答說：「是的，我在一個林子裡發現他，就在十年前的今天。」

「他身上是不是有什麼信物？」她接著問：「他的脖子上是不是掛著一串琥珀項鍊，他身上包著的是不是一件繡著星星的金色斗篷？」

「沒錯。」樵夫答道：「就和你說的一樣。」然後，他從櫃子裡找出斗篷和項鍊，拿給她看。

她看後喜極而泣，說：「他就是我在樹林裡丟失的小兒子。求求你快讓他進來吧！為了找他，我已經走遍了所有地方。」

於是，樵夫和他的妻子連忙出門，把星孩叫了回來，告訴他：「快進屋來，你的親生母親正在裡面等你。」

星孩聽了，開心的跑進屋，卻發現裡面坐著那個貧窮的討飯婆。

女人對他說：「孩子，我就是你的母親。」

「你瘋了嗎？」星孩生氣的大叫：「我不是你的兒子！你是個又窮又醜的討飯婆！滾開，別讓我看到你！」

「不，你真的是我的兒子。」她跪在地上，哭著說：「是強盜把你偷走丟在林子裡的。剛剛看到你的時候，我也不敢相信我的眼睛。但我知道你就是我的兒子，而且還有那些信物。我遍尋各地，就是為了找到你。你跟我走吧！因為我愛你。」

可是，星孩卻無動於衷，他的心硬得就像石頭一樣。

最後，他對自己的母親說：「你要真是我的母親，那麼，你還是走得遠遠的吧！別在這裡給我丟臉。因為，我是星星的孩子，不是什麼討飯婆生的。快走！別再讓我看見你。」

「那麼，在我走之前，我可以親親你嗎？我的孩子！」女人問道。

「不行！」星孩叫道：「你這麼醜陋難看，我寧可親毒蛇，親蛤蟆，也不會親你！」

女人最後離開了，傷痛欲絕的走進樹林。星孩倒是很高興，回頭去夥伴身邊，想和他們一起在花園裡玩耍。

可是，當他們見他走過來，卻嘲笑他說：「看看你，就像蛤蟆一樣難看，像毒蛇一樣惡毒。滾開！別和我們一起玩！」然後，他們把他趕出了花園。

星孩聽了，覺得很奇怪，喃喃自語：「到底怎麼回事？我要到水井邊去看看，水井會告訴我，我有多麼漂亮！」

於是，他來到井邊，往裡頭一看。天啊！他的臉居然真的就像蛤蟆一樣

醜陋，身上也像毒蛇一樣長滿鱗片。他撲倒在地上痛哭著說：「報應啊！這都是因為我犯了這麼大的罪過！我居然不肯認自己的親生母親，我對她的態度那麼傲慢，那麼殘忍。我必須找到她，就算走遍天涯海角，我也要找到她。」

樵夫的小女兒跑到他身邊，安慰他說：「失去美貌也沒關係。留下來吧！我不會嘲笑你的。」

星孩回答她：「**不，我必須找到我的母親，請求她的饒恕。**」

說完，他跑進樹林，不停的呼喚著母親，可是，他沒有得到任何回應。

太陽下山後，他便躺在落葉堆上睡著了，除了蛤蟆和毒蛇，其他生物都害怕得紛紛走遠的。

第二天早上，醒來之後，他就從樹上摘了幾個苦果子吃，然後又哭著往前走。不管遇到什麼動物，他都會向牠們打聽母親的下落。

他問鼴鼠：「你能在地下暢行無阻，請你告訴我，我的母親在哪裡好嗎？」

鼴鼠說：「你早就弄瞎我的眼睛，我怎麼可能知道呢？」

他問梅花雀：「你能飛上高空鳥瞰地面，你知道我的母親在哪裡嗎？」

梅花雀說：「你就早就折斷我的翅膀，我怎麼能再飛到天上呢？」

後來，他又向那隻住在巨大杉樹上的小松鼠打聽母親的下落。

小松鼠說：「你已經殺死我的母親，現在，你也想殺了你的母親嗎？」

星孩低下頭，哭著懇求動物們原諒他。然後，他又繼續上路。第三天，他走出樹林，進入了平原。

當他走進村莊，孩子們都會嘲笑他，拿石頭打他，也沒有人敢收留他。

就這樣他走了整整三年，幾乎走遍全世界，卻仍然沒有找到自己的母親。他總是又冷又餓，從沒吃飽一頓飯。

有一天，他偶然碰到一個和善的老頭，把他帶了回家。不過，老頭一到家便像露出真面目，把星孩關進地牢裡，還把他當奴隸使喚。

原來，這個老頭是個邪惡的魔法師，他要利用星孩為他賣命。一天，他惡狠狠的對星孩說：「在城外的森林裡，有

三枚硬幣。一塊是白色，一塊是黃色，還有一塊是紅色。你去幫我把它們找來，找不到的話，我就打你三百大板。」

星孩按魔法師的吩咐，走出城外，來到森林裡。可是，他找了半天，還是沒有發現那幾塊硬幣。

在他準備走出森林時，突然聽見樹叢裡一聲慘叫。他馬上跑到發出聲音的地方，看見一隻兔子被陷阱給捉住了，星孩很同情它，便把他救出來。

兔子問：「你想讓我怎麼報答你呢？」

星孩說：「我在找三塊硬幣，要是找不到它們，我的主人便會打我。」

「跟我來吧！」兔子說：「我帶你去，我知道它們藏在哪裡。」

於是，星孩跟著兔子走。最後他在一棵老橡樹的裂縫中，找到了那塊白色硬幣，在一個水池旁邊找到那枚黃色硬幣，在一個山洞的角落找到那枚紅色硬幣。

星孩謝過兔子，準備回到魔法師的住處。不過，他在路上碰到一個痲瘋病人，他實在是可憐，幾乎沒有錢吃飯。星孩十分同情他，便把三枚硬幣都給了他，並說：「**你比我更需要它們。**」不過，他覺得心情十分沉重，因為他知道自己將面臨一頓毒打。

可是，當他走到城門口的時候，所有的士兵竟然都對他鞠躬，行禮，口中喊道：「**國王萬歲！**」市民們也高呼：「我們的國王真是世界上最漂亮的人啊！」星孩聽見，哭了起來，以為他們是在嘲笑他。後來，他被人群簇擁著來到了皇宮前的廣場。

皇宮的大門緩緩開啟，所有大臣都走出來向他行禮，說：「敬愛的國王，我們等您很久了！您就是我們國王的兒子，是王位繼承人。」

星孩說：「我並不是什麼國王的兒子，我只是個討飯婆的兒子。而且，我一點兒也不漂亮，我知道，我長得奇醜無比。」

一旁舉著盾牌的侍衛大感驚訝的說：「我們的國王怎麼會說他自己不漂亮呢？」

星孩朝他望去，從他閃耀的盾牌上，看到一張俊美無比的臉。他又恢復往日的模樣，甚至比以前更加英俊了！

大臣們簇擁在他的周圍，請求他接受王冠和權杖，以正義和仁慈來統治他們的國家。

不過，星孩說：「我不配做你們的國王。因為，我連自己的親生母親都不肯相認。要是找不到她，得不到她的饒恕，我是不會留在這兒的。」說完，他隨即轉身準備離去。就在那時，他看到那位討飯婆，也就是自己的母親，在侍衛的保護下朝他走來，她的身邊正站著那個痲瘋病人。

他發出一聲興奮的歡呼，連忙跑上前去，跪在母親的腳下，親吻她每一處傷口，用自己的淚水為它們清洗。他低著頭，哭著說：「母親，請您原諒我吧！」

他的母親和那個痲瘋病人雙雙將手放在他的頭上，說：「起來吧！」

星孩站起身，望著他們。啊！原來他們便是國王和王后。

他們俯下身，親吻他，將他帶進皇宮，給他穿上華服，把皇冠戴在他的頭上，把權杖放在他的手中。從此，他以正義和仁慈統治著這座城。他趕走了那位邪惡的魔法師，還送了很多珠寶給樵夫和他的妻子。他還不允許人們虐待動物鳥禽，讓窮人得以溫飽，讓這個王國充滿祥和安樂。

★ 愛麗絲夢遊奇境

瘋狂的帽匠和三月兔，暴躁的紅心王后！跟著愛麗絲一起踏上充滿奇人異事的奇妙旅程！

★ 柳林風聲

一起進入柳林，看愛炫耀的蛤蟆、聰明的鼴鼠、熱情的河鼠、和富正義感的獾，猶如人類情誼的動物故事。

★ 叢林奇譚

隨著狼群養大的男孩，與蟒蛇、黑豹、黑熊交朋友，和動物們一起在原始叢林中一起冒險。

彼得·潘 ★

彼得·潘帶你一塊兒飛到「夢幻島」，一座存在夢境中住著小精靈、人魚、海盜的綺麗島嶼。

杜立德醫生歷險記 ★

看能與動物說話的杜立德醫生，在聰慧的鸚鵡、穩重的猴子等動物的幫助下，如何度過重重難關。

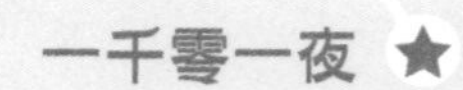

一千零一夜 ★

坐上飛翔的烏木馬，讓威力巨大的神燈，帶你翱遊天空、陸地、海洋神幻莫測的異族國度。

想像力，帶孩子飛天遁地

灑上小精靈的金粉飛向天空，從兔子洞掉進燦爛的地底世界……
奇幻世界遼闊無比，想像力延展沒有極限，只等著孩子來發掘！
奇幻國度詭譎多變，請幫迷路的故事主角找回他們的冒險舞臺！

★ 西遊記

蜘蛛精、牛魔王等神通廣大的妖怪，會讓唐僧師徒遭遇怎樣的麻煩，現在就出發前往這趟取經之路。

★ 小王子

小王子離開家鄉，到各個奇特的星球展開星際冒險，認識各式各樣的人，和他一起出發吧！

★ 小人國和大人國

格列佛漂流到奇幻國度，幫小人國攻打敵國，在大人國備受王后寵愛，還有哪些不尋常的遭遇？

快樂王子 ★

愛人無私的快樂王子，結識熱情的小燕子，取下他雕像上的寶石與金箔，將愛一點一滴澆灌整座城市。

以人為鏡，習得人生

正直、善良、堅強、不畏挫折、勇於冒險、聰明機智……
有哪些特質是你的孩子希望擁有的呢？
又有哪些典範是值得學習的呢？

【影響孩子一生的人物名著】
除了發人深省之外，還能讓孩子看見
不同的生活面貌，一邊閱讀一邊體會吧！

★ 安妮日記

在納粹占領荷蘭困境中，表現出樂觀及幽默感，對生命懷抱不滅希望的十三歲少女。

★ 海倫凱勒自傳

自幼又盲又聾又啞，不向命運低頭，創造語言奇蹟，並為身障者奉獻一生的世紀偉人。

★ 湯姆歷險記

足智多謀，正義勇敢，富於同情心與領導力等諸多才能，又不失浪漫的頑童少年。

★ 環遊世界八十天

言出必行，不畏冒險，以冷靜從容的態度，解決各種突發意外的神祕英國紳士。

★ 岳飛傳

忠厚坦誠，一身正氣，拋頭顱灑熱血，一家三代盡忠報國，流傳青史的千古民族英雄。

★ 清秀佳人

不怕出身低，自力自強得到被領養機會，捍衛自己幸福，熱愛生命的孤兒紅髮少女。

★ 福爾摩斯探案故事

細膩觀察，邏輯剖析，揭開一個個撲朔迷離的凶案真相，充滿智慧的一代名偵探。

★ 海蒂

像精靈般活潑可愛，如天使般純潔善良，溫暖感動每顆頑固之心的阿爾卑斯山小女孩。

★ 魯賓遜漂流記

在荒島與世隔絕28年，憑著強韌的意志與不懈的努力，征服自然與人性的硬漢英雄。

★ 三國演義

東漢末年群雄爭霸時代，曹操、劉備、孫權交手過招，智謀驚人的諸葛亮，義氣深重的關羽，才高量窄的周瑜……

跨時空，探索無限的未來

騎上鵝背或者跳下火山，長耳兔、青鳥或者小鹿
百年來流傳全世界，這些故事啟蒙了爸爸媽媽、阿公阿嬤。
從不同的角度窺見世界，透過閱讀環遊世界！

【影響孩子一生的世界名著】
最適合現代孩子的編排，耳熟能詳的經典故事
呈現嶄新面貌，啟迪閱讀的興味與趣味！

★小戰馬

動物小說之父西頓的作品，在險象環生的人類世界，動物們的頑強、聰明和忠誠，充滿了生命的智慧與尊嚴。

★騎鵝旅行記

首位諾貝爾文學獎女作家寫給孩子的童話，調皮少年騎著白鵝飛上天，在旅途中展現勇氣、學會體貼與善待動物。

★好兵帥克

最能表彰捷克民族精神的鉅著，直白、大喇喇的退伍士兵帥克，看他如何以戲謔的態度，面對社會中的不公與苦難。

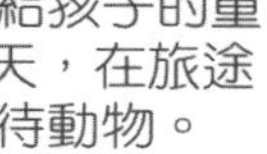

★祕密花園

有錢卻不擁有「愛」。真情付出、愛己及人，撫癒自己和友伴的動人歷程。看狄肯如何用魔力讓草木和人都重獲新生！

★小鹿斑比

聰明、善良、充滿好奇的斑比，看他如何在獵人四伏的森林中學習生存法則與獨立，蛻變為沉穩強壯的鹿王。

★青鳥

1911年諾貝爾文學獎，小兄妹為了幫助生病女孩而踏上尋找青鳥之旅，以無私的心幫助他人，這就是幸福的真諦。

★頑童歷險記

哈克終於逃離大人的控制和一板一眼的課程，他以為從此逍遙自在，沒想到外面的世界，竟然有更多的難關！

★森林報

跟著報導文學環遊四季，成為森林知識家！如詩如畫的童趣筆調，保證滿足對自然、野生動物的好奇。

★地心遊記

地質教授李登布洛克與姪子阿克塞從古書中發現進入地底之秘！嚮導漢斯帶領展開驚心動魄的地心探索真相冒險旅行！

★史記故事

認識中國歷史必讀！一探歷史上具影響力及代表性的人物的所言所行，儘管哲人日已遠，典型仍在夙昔。

影響孩子一生名著系列 14
王爾德童話全集
快樂王子
大愛無私的奉獻
ISBN 978-986-95844-7-0 / 書 號：CCK014
作　　者：奧斯卡．王爾德 Oscar Wilde
主　　編：陳玉娥
責　　編：陳沛君、陳洳璇
插　　畫：索蕾拉
美術設計：蔡雅捷、鄭婉婷
出版發行：目川文化數位股份有限公司
總 經 理：陳世芳
行銷企劃：朱維瑛、許庭瑋、陳睿哲
法律顧問：元大法律事務所 黃俊雄律師
台北地址：臺北市大同區太原路 11-1 號 3 樓
桃園地址：桃園市中壢區文發路 365 號 13 樓
電　　話：(03) 287-1448
傳　　真：(03) 287-0486
電子信箱：service@kidsworld123.com
劃撥帳號：50066538
國家圖書館出版品預行編目 (CIP) 資料
快樂王子 / 奧斯卡．王爾德 (Oscar Wilde). -- 初版. --
臺北市 : 目川文化, 民 107.08
面 ; 公分. -- (影響孩子一生的奇幻名著)
ISBN 978-986-95844-7-0 (平裝)
873.59　　107009992
網路書店：www.kidsbook.kidsworld123.com
網路商店：www.kidsworld123.com
粉 絲 頁：FB「悅讀森林的故事花園」
印刷製版：長榮彩色印刷有限公司
總 經 銷：聯合發行股份有限公司
地址：新北市新店區寶橋路 235 巷 6 弄 6 號 4 樓
電話：(02) 2917-8022
出版日期：2018 年 8 月（初版）
定　　價：280 元

建議閱讀方式

型式	圖圖圖	圖圖文	圖文文		文文文
圖文比例	無字書	圖畫書	圖文等量	以文為主、少量圖畫為輔	純文字
學習重點	培養興趣	態度與習慣養成	建立閱讀能力	從閱讀中學習新知	從閱讀中學習新知
閱讀方式	親子共讀	親子共讀 引導閱讀	親子共讀 引導閱讀 學習自己讀	學習自己讀 獨立閱讀	獨立閱讀